Crystal Boys

貳零壹肆 劇場顯像

孽子

目錄

玩出不一樣的經典

兩廳院策畫製作「台灣國際藝術節」（TIFA）今年已堂堂邁入第六屆，以「玩轉世界　經典不設限」爲主軸，邀請國內外大師及新生代創作者共襄盛舉，以放眼世界的文化視野，融合經典與創新，推出包含十三個國家，二十二檔節目，涵蓋戲劇、舞蹈、音樂等不同類型的精采節目，絕對讓您目不轉睛，驚嘆連連！

台灣國際藝術節的開幕大戲，便是文學大師白先勇老師膾炙人口的《孽子》！這本經典小說首度搬上台灣的劇場舞台，描繪民國六、七〇年代台灣同志族群被家國拒斥的邊緣處境。在當時，同性戀還是禁忌的話題；而今社會風氣日趨開放，「多元成家」議題亦引起大眾廣泛討論。舞台劇《孽子》以同志間激烈的情感爲經，糾葛的父子親情爲緯，並以「龍鳳戀」貫串，呈現原著的傳奇與愛慾、親情悔罪與救贖，於今日景況來看，更引人深思。

《孽子》原著小說出版至今，正好三十年，其間也被翻譯成英、法、德語在全世界發行，甚至還出現電影、電視各種變奏。尤其二〇〇三年由曹瑞原爲公視改編執導的電視劇《孽子》，獲得金鐘獎戲劇節目連續劇、女主角、導演（導播）等多項大獎，當年引起熱烈的回響。

這次《孽子》華文劇場的世界首演，兩廳院特別邀請「金鐘獎導演」曹瑞原執導，「當代台灣戲曲的最佳詮釋者」施如芳編劇，以跨界美學觀點與劇場創作對話，共同打造《孽子》的舞台風華。曹瑞原雖然是首度執導舞台劇，挑戰不同於電視的拍攝手法，但不論選角或視覺呈現上，皆有令人耳目一新的突破，企圖在這個經典文本的劇場實踐中，「玩」出不一樣的詮釋，呈現新的味道。

除了黃金製作群外，演員陣容更是堅強，包括劇場影視老、中、青、幼四代演員，邀請了金鐘影帝丁強與樊光耀、金鐘影后唐美雲與柯淑勤、實力派演員莫子儀和吳中天，以及陸一龍、劉越逖、郭耀仁、林家麒、魏群翰、童星梁智瑜等共同演出。而在特別邀請林夕、陳小霞、張藝參與音樂創作，情歌王子楊宗緯深情主唱外，編舞家吳素君更與前太陽劇團（Cirque du Soleil）表演者張逸軍與十八位男舞者合作，以舞述說傳奇。整齣劇在戲劇、舞蹈與音樂的交織下，娓娓訴說新公園「青春鳥群」的悲歡年華。

套句白先勇老師的話：「三十而立的《孽子》，從平面書寫變成立體發聲，會激盪出什麼樣新的火花？」我想，絕對值得大家期待！

國立中正文化中心　董事長

朱宗慶

文學經典 絕美再現

兩廳院在二〇〇四年與白先勇老師攜手推出全新的青春版《牡丹亭》，藉由詮釋情眞意切的古老愛情故事，帶來傳統與現代的崑曲新美學討論，吸引無數年輕人與崑曲有一個美好的「初體驗」，一時蔚爲表演藝術界的時尚話題。而十年後的今日，我們將白先勇老師的經典之作《孽子》首度搬上華文舞台，作爲第六屆台灣國際藝術節（TIFA）的年度製作。

《孽子》從一九八三年出版至今，已有三十載，這部作品以同志間激烈的情感爲經，華人社會最糾葛的父子親情爲緯，在仍充滿禁忌的一九七〇年代，交織出了當年的時代氛圍和人性掙扎，成爲華人同志文學的經典之作。小說開篇題獻：「寫給那一群在最深最深的黑夜裡，獨自徬徨街頭，無所依歸的孩子們」，點出了白先勇的創作初衷，也看到他的用情至深。

導演曹瑞原兩度改編白先勇著作，皆獲得金鐘獎的肯定（《孽子》得獎、《孤戀花》入圍），此次他企圖在經典中找出新感覺，用更精練而純粹的手法重新詮釋這部名作。不同於小說或電視劇的寫實處理，舞台版《孽子》透過虛與實的場景交錯，刻畫那群在黑暗王國裡生存的小人物，也運用了詩意俐落的肢體與舞蹈，展現人物的深層情緒。

資深編劇施如芳則由「父子親情」和「同志情愛」入手，讓這兩條敘事主線交錯穿插，以神話般的「龍鳳戀」貫串全劇，再現孽子們的情感糾葛，以及對家庭與親情的渴望，痛苦掙扎與希冀認同，帶領觀眾重回新公園蓮花池畔的「黑暗王國」，再現青春鳥們的悲歡歲月。

此次年度製作邀集了劇場、影視、舞蹈、流行樂界的表演及創作名家大師與菁英攜手合作，不但有硬底子的資深演員丁強和唐美雲押陣，詮釋傅老爺子和楊教頭，爲《孽子》這個充滿男性的故事增添一些光亮與母性；也有新生代實力派演員莫子儀、吳中天一起飆戲；前太陽劇團（Cirque du Soleil）表演者張逸軍則以優異的肢體詮釋狂情烈愛的阿鳳傳奇，將帶給大家更多的想像空間。而此時又正値「多元成家」法案受到國人廣泛注意並持續討論，《孽子》的文本內涵和情感描寫，値得觀眾探索與思考。

人與人之間的情感、生命的意義，在藝術家的劇場世界永遠是最動人、最値得詮釋的題材。作爲台灣表演藝術最重要的舞台，兩廳院二十六年來爲台灣表演藝術打下了厚實的基礎，提供許多優秀表演團隊發光發熱的園地。我們希望台灣的文化創意軟實力，能繼續展現活力與創新，爲觀眾帶來更多精采不凡、雋永經典的作品。

國立中正文化中心 代理藝術總監

《孽子》歷經多次改編，我明白，任何藝術形式的變奏都是二度創作，即使我自己操刀，也不會寫得和小說一樣。所以，只要導演、編劇抓住原著的精神，把人物導出來，細節的改變並不要緊。

因爲大眾媒體的特性，電視劇不能像小說一樣過於抽象，曹導演把孽子改編得合情合理，很動人，演員也演得好，尤其飾演傅老爺的王玨、阿青父親的柯俊雄等幾位老演員，薑是老的辣；飾演龍子的庹宗華倒是出乎意料的好，因爲他的型不像龍子，但他把角色演活了。

我與曹導演比較大的意見分歧是，小說裡，阿青一次偶遇的角色趙英，電視劇創造出原著沒有的青英戀（阿青與趙英）。飾演阿青的范植偉與飾演趙英的楊祐寧年輕又帥，我擔心，虛構的青英戀會變成兩個美少男的偶像劇，改得太遠了，起初並不同意，但導演拍好後給我看，我發覺滿動人的，情感處理得恰到好處，就不再堅持。

楊教頭性別翻轉　增添一點母性的成分

兩廳院「二〇一四年台灣國際藝術節」要以《孽子》做爲開幕大戲，有了電視劇成功的經驗，曹導演是我心目中的不二人選。雖然曹導演沒導過舞台劇，但他導過電視劇《孽子》、《孤戀花》，對我的作品熟悉，我相信藝術是相通的，好的導演不管是那種形式，一樣可以處理得很好。

從電視劇到舞台劇，整整相隔十年，曹導演最瘋狂的顛覆是：將青春鳥的師傅楊教頭，來個性別翻轉，變成Tomboy的大姐大，這確實是很大的突破，我聽了叫絕：爲《孽子》增添一點母性的成分，母雞帶小雞，大有可爲。

舞台劇短短兩三個小時要說完一本書，需要很高濃度的提煉。整齣戲還是照著原著脈絡，從阿青的角度帶領觀眾進入青春鳥們的黑暗王國，但形式更爲開放自由，有戲、有歌、也有舞。

父子關係，是這次改編的主軸。阿青與父親、阿青與病重的母親、龍子與傅老爺的對話，以及傅老爺的獨白，都是鋪陳內心發展的重要段落。當初寫《孽子》時，曾想過傅老爺的形象是否設定爲同志，但考量到這個人物承載了更大的意義而作罷。

傅老爺，是新公園那群不被家庭認同的孽子們的「精神之父」，他的葬禮，也是我寫小說時最難完成的段落。到現在都還記得，我熬夜書寫，天已微亮，寫完孽子們「在那浴血的夕陽影裡，也一齊白紛紛的跪拜下去。」我好像龍子經歷「撼天震地的悲嘯」後，壓抑的情緒終於得到抒發，我放下筆，打電話給友人：「這幕我終於寫出來了！」這場葬禮，代表著這群孽子終於與「父親」達成和解，洗滌了社會加諸在他們身上「孽」子的罪名。

有了瞭解　就能諒解　最後便能和解

阿青與龍子、龍子與阿鳳的血戀，是這齣舞台劇的另一重點。我的作品好像不論主題怎麼變，都會回到「情」字上。一位導演曾問我：爲什麼要把玉卿嫂給殺了？不論是《玉卿嫂》或是《孽子》裡的龍鳳血戀，最後都因愛不到那個人而做了極端的事，我對生死戀特別著迷，因爲，我看到「情」對一個人產生的動亂，攪得人多凶。

龍鳳血戀，是新公園的傳奇、神話。因爲，同性對愛情的追求不被承認，才會更爲激烈與炙熱吧。阿青與龍子，則又代表了另一種永恆，兩人在旅館裡裸裎互訴衷腸，是一種「同是天涯淪落人」的含蓄情感。

三十而立的《孽子》，有變，也有不變。變的是，不同領域藝術創作者對小說的變奏與詮釋；不變的是，人性普世的價值不因宗教、文化、種族而有不同。《孽子》寫作時，社會對於同性戀還存在很大的誤解，如今，同志的處境慢慢往正面前進，全世界有十多國承認同性婚姻，台灣正在推動多元成家方案，連保守的天主教，梵蒂岡教宗方濟也發表談話：「如果有人是同性戀，而能懷善心追尋上帝，我有何資格論斷？」

我期待，《孽子》舞台劇的推出，社會可以更嚴肅的思考同性戀也是人性的一部分，給予同樣的尊重。雖然，偏見不是一朝一夕可以改變，但我相信，有了瞭解，就能諒解，最後一定可以和解。就像小說最後，寒流來襲的大年夜，阿青帶著羅平向前跑：「一、二一、一、二」，最終迎來的，將是溫暖曙光下新的一年。

（本文感謝國立台灣師範大學台灣語文學系助理教授曾秀萍協助訪談）

檢視中西關於同性戀題材的小說，好像沒有像《孽子》般糾結在家庭的衝突中。這本書很大主題是父子關係，父子之情雖然是與生俱來，但在中國傳統卻是格外沉重，尤其，當兒子又是同性戀，父子間的衝突會更為尖銳。故事裡的阿青、龍子、小玉、吳敏或老鼠，來自不同的破碎家庭，都把對於家的渴望，轉移到在同性戀的世界裡建立一個新的家庭。《孽子》，可說是青春鳥的集體「尋父記」。

從小說到電影 舞台劇的多重變奏

《孽子》的故事背景，也是當年台灣社會及歷史的縮影。主角阿青的父親是隨國民政府來台的潦倒軍人，母親是本省養女，「外省的悲哀，本省的悲情」結合的一對怨偶，生下了第二代阿青，《孽子》寫的不只是同志，而是一則台灣的寓言。這或許與我成長在動亂的年代有關，潛意識裡對於歷史有著特別敏銳的觀察。

讓我意外的是，同性戀當年雖是禁忌，但《孽子》發表後，各界的反應竟是出乎意料的寬容，除了少數一兩篇關於同性戀是病態論述的專欄，並沒有對於小說的負面評價。民國七十五年，《孽子》躍上大銀幕，開始變奏出不同形式的面貌。

電影版《孽子》很有趣，將原著幾個關於「父親」的形象傅老爺、楊教頭、郭老，濃縮在孫越飾演的楊金海身上，還有小說裡沒有的角色曼姨，塑造一個新的母親形象。虞戡平導演說，他想創造出一個家庭的氛圍，這也滿好的。孫越演得傳神，第一批孽子也有他的味道。唯一美中不足的是，因為當時保守的社會氣氛，電影被審查機關修剪後，無法完整傳達原著的精神。

《孽子》的第二個變奏是一九九七年，學者王德威的博士班學生吳文思，根據英譯本執導舞台劇《孽子》，由波士頓的亞裔學生演出，在哈佛大學亞當斯戲院連演一周，反應很熱烈。有意思的是，這批說英文的孽子，演起戲來並不感覺是翻譯作品。飾演Bargirl麗月的是一名哈佛大學二年級的女孩，叼根菸，潑辣又性感，她的父母坐我後面，父親看到女兒演得這麼好，高興得不得了，母親則把頭低下，根本不敢看。飾演阿青的是一名混血兒，獨白念來相當動人；小玉也整個豁出去演開了。香港劇場界也曾改編過《孽子》，以後現代的手法探討同性戀議題，已經是完完全全的變奏。

訴求走進家庭，被更多人聽見、看見

二○○三年，曹瑞原為公視執導的電視劇《孽子》，應該是社會迴響比較大的一次改編。不但獲得金鐘獎戲劇節目連續劇、女主角、導演（導播）等多項大獎，范宗沛做的音樂也拿了金曲獎，我在大陸還看過盜版錄影帶。友人告訴我，電視劇播出時，有父母找尋兒子的跑馬燈啓事，我很欣慰，當初寫作《孽子》的初衷，就是希望不被認同的同志，能得到家庭對他們的諒解，因為這齣電視劇，這樣的訴求才能走進家庭，走進客廳，被更多人聽見、看見。

拍攝電視劇之前，我對曹導演並不熟悉，一次咖啡廳巧遇，他表達想要改編連續劇的想法。我看了曹導演改編曹麗娟作品的《童女之舞》，覺得他把原著小說的味道抓住了，很有文學性，就放心把《孽子》交給他。

孽子的三十年變奏

原著序　白先勇　口述
◎李玉玲　整理

《孽子》原著小說出版至今，正好三十個年頭。

民國六、七十年代，同性戀，還是一個無法被討論的禁忌。我寫了這樣一本小說，只是做爲一個寫作者的自覺：「文學面前應百無禁忌，百分之百誠實」。當時根本沒想到，不只小說後來被譯成英、法、德語在全世界發行，還出現電影、電視各種變奏。

民國一○三年，國立中正文化中心邀請電視、電影、劇場及流行音樂界的精英，傾力製作《孽子》舞台劇，做爲台灣國際藝術節的開幕大戲。我充滿期待：三十而立的《孽子》，從平面書寫變成立體發聲，會激盪出什麼樣新的火花？

我的同志議題書寫，第一個作品是《月夢》。民國四十九年，我和歐陽子、王文興、陳若曦等人共同創辦《現代文學》雜誌。創刊號文章不夠，我以筆名發表了兩篇小說，一篇是《玉卿嫂》，另一篇則是以同志爲題材的短篇《月夢》。

《玉卿嫂》和《月夢》題材雖然不同，講的卻是同樣的東西，都是關於愛情的追尋。不管是異性或是同性之愛，總能觸動人內心深處最敏感的神經，湯顯祖《牡丹亭》：「情不知所起，一往而深，生者可以死，死可以生」，愛情、生命與死亡，一直是我寫作非常重要的主題。

《孽子》是青春鳥的集體「尋父記」

民國五十八年，我在現代文學發表另一短篇《滿天裡亮晶晶的星星》，以新公園蓮花池爲背景，主角「教主」曾是上海紅極一時的明星，故事結尾，教主帶著三水街一個面龐姣好、身上長著瘤子的小么兒小玉，「兩個人的身影，一大一小，頗帶殘缺地，蹭蹬到那叢幽暗的綠珊瑚裡去。」算是《孽子》的雛形。

我的寫作速度很慢，《孽子》眞正動筆大約是在民國六十年、六十一年間，寫了五、六年，寫得不滿意，就重來，尤其是小說後半部，改寫了大概有五、六次。民國六十六年，《孽子》開始在《現代文學》復刊號連載時，其實已大致寫完，只是一邊連載一邊修改。

《孽子》寫得雖然是同性戀的故事，但已不侷限於個人情愛的追尋，而是更寬廣的關照，那就是，人的合法性。回顧歷史，同性戀在二十世紀初還被視爲是一種罪，被當成精神疾病；納粹時期，同性戀者被關進集中營，遭到屠殺。我不是搞社會運動，也沒想過要爭取同志平權，只是單純認爲，同性戀是與生俱來的，是DNA就已決定，既然，同性戀是人性的一部分，就應該被書寫。一個寫作的人，一定要對自己百分之百的誠實，寫出心中的信仰，不能有所顧慮。

這本小說定名爲「孽」子，其實隱含著反諷的意味。這群流浪在台北新公園的青春鳥兒們，因爲性別傾向不被社會認可，被家庭趕了出來，成了社會眼中的孽子，我寫的是這群年輕人從孽子變爲人子，成長過程裡的痛苦與掙扎。

當決定將《孽子》搬上劇場時，我再度拿出我大學時期看的《孽子》小說，上面充滿標籤與註記，那是我二〇〇一年拍攝《孽子》電視劇時留下的印記。從大學時期到今天，歲月幽幽的漫過三十年，我竟跟這本小說糾纏不清。這是怎樣的因緣？是白先勇老師的魅力吧！

曹瑞原 口述
◎李岳 整理

在經典的文本裡做出新的味道

三個月零十天以前，一個異常晴朗的下午，父親將我逐出了家門。陽光把我們那條小巷照得白花花一片，我打著赤足，拚命往巷外奔逃，跑到巷口，回頭望去，父親正在我身後追趕著。他那高大的身軀，搖搖晃晃，一隻手不停的揮動著他那管從前在大陸上當團長用的自衛槍。他那一頭花白的頭髮，根根倒豎，一雙血絲滿佈的眼睛，在射著怒火。他的聲音，悲憤，顫抖，嘎啞的喊道：畜生！畜生……

當時閱讀這段文字的震撼，到今天依舊在內心嗚嗚著。

洋溢著時代氛圍的豐富文本

白先勇老師的文字充滿影像張力，蘊含著環境氛圍，這是一個獨特的年代，它將不復重現，但卻是我們的共同記憶，也內化成我們對這塊土地的共同情感。

我一直覺得，沒有記憶就沒有情感，也沒有了眷戀與熱愛。《孽子》不只是一本書寫同志的小說，白老師用幾十個角色，建構出那個時代的台灣，那個不可複製的年代。

當《孽子》確定要變成舞台劇，對我來說是沉重的負擔，也讓我焦慮思索如何下手

慢慢的，我發現這是考驗，這是對我這些年在美學的感悟上、在藝術的鑑賞上的考驗，是一次驗收，是一次期中考。

因為劇場它必須更精煉，它必須更純粹，而在那魔術方盒裡，任何藝術形式都充滿可能……最後，決定讓它現代一點。現代，至少讓這部小說在不同的時代繼續擴散，繼續蔓延，且能滲透出新的體悟與衝擊。我企圖在這個經典的文本裡，做出新的味道來。

選角方面，一開始有些困難，李青的角色我很早就想到找小莫（莫子儀），唯一考慮的地方是，他在劇場的演出很多，我怕觀眾會沒有新鮮感，但最後決定還是找他的理由是，他在表演上很讓我放心，劇場版的《孽子》是以李青故事為主軸，他是可以撐起這條線的演員。

此外，龍子由吳中天擔綱，白先勇老師對這個選角很滿意。我看過吳中天的表演，他現場爆發的能量很強，是個能演的演員。較為特別的是阿鳳這個角色，因為是劇場，它可以接受比較抽象的元素，因此阿鳳在劇裡沒有任何台詞，完全靠肢體舞蹈動作表達情感。

我看過張逸軍在太陽馬戲團時期的「綢吊」演出，僅用一條絲帶垂吊在半空中飛舞。我想像中的阿鳳與龍子分開時，阿鳳就是應該那樣騰空飛起，然後飛離舞台。雖然工作團隊中曾有人認為，他似乎不像小說裡的阿鳳般俊美，因而對這個選角有些遲疑，不過，我相信我的直覺。定裝之後，幾次的彩排、宣傳照拍攝，大家發現，張逸軍的肢體語言和情感都非常豐富，而且眼神銳利，完全就是阿鳳的模樣。

在新意之外仍延續小說精神

最令白先勇老師拍案叫絕的選角是唐美雲。我看過她二〇一〇年在《鄭和1433》的演出，我認爲，她不單只是一位優秀的歌仔戲小生而已，更是當代極佳的表演藝術家，我一直找機會想跟她合作。這次在《孽子》劇中，我特別爲她把楊教頭一角，改成爲一個女性角色。試看，一個帥氣的T帶著一群小Gay在新公園裡，這多有意思。

《孽子》是一部很男性的戲，其中女性的角色不多，只有像李青的母親那樣，被命運擺弄、充滿悲劇性的角色。唐美雲在戲中具主動性格，且帶著母性的溫暖，照顧這群被自身家庭放逐的孩子們，讓這個充滿男性的文本，多了些不同的新意。

另一項新意，則是「青春鳥群」的演出。我們從北藝大舞蹈系挑選了一批學生，他們都非常年輕，以大量現代舞的舞蹈表現情緒，包括像是安樂鄉酒吧的戲、新公園的場面等。選擇現代舞是因爲這些俐落的動作，更能直指人物的深層情緒。

劇場版《孽子》在賦予新意之外，亦有和十年前電視劇《孽子》共通之處。在劇情上，劇場版因爲只有兩、三個小時長度，基本上以李青的父子關係爲主軸，再加入龍鳳傳奇和傅老爺子與兒子的故事。雖然支線被精簡了，但劇場版仍延續小說精神，談的是父子、家庭的故事。

十年前拍攝《孽子》時，同志、同性戀常被與社會負面訊息劃上等號，因此拍攝電視劇時，我希望呈現同志族群「另一個面向的故事」，幫他們把他們的故事、心聲說出來。十年後的今天，社會開放了，同性戀的禁忌變少了，但不管是哪個時代，他們對家庭、對親情的渴望，是不會變的，所以這也是這次《孽子》的主題之一。

舞台劇對電視電影導演的考驗

在變與不變之間，對我來說，舞台劇還有另一種考驗。

電視與電影的作業方式、戲劇的流動方式，跟劇場有很大的不同。電視、電影是一個鏡頭、一個鏡頭的拍，可以仰賴大批技術團隊的專業和事後的剪接修整，可以邊拍邊去克服問題。劇場則不同，它是「一次性」的、「當下」的。即使這齣戲我已經排練幾個月了，然尚未在舞台上演出之前，我無法知道這齣戲會是「什麼樣子」。排戲的過程，即必需把每個環節設想好，無論是舞台、燈光、音樂、音效、演員的走位……，舞台劇是在觀眾面前即時的演出，沒有任何後製、沒有任何事後補救的機會。好與壞，就在觀眾眼前的那一刻。

對劇場的觀眾來說，他們需要捉住戲的「神」跟「韻」，神指的是演員的表演、情緒，韻指的是戲的氣氛和劇情起伏，其中的分寸和尺度得要拿捏到好處。

人性的悲憫使我一再沉迷其中

我很喜歡小說原著裡對新公園的描寫，把那裡比喻成「黑暗王國」，那群在黑暗王國裡生存的小人物，看似過得非常卑微，在最底層最底層的環境下掙扎，但他們的內心都還是有一個不放棄的念頭，不管是對親情、對愛情的渴求，只要有那一點點的溫度，就會顯現人性的可貴。

常有人問我，爲什麼對白先勇的作品如此著迷?白老師的《台北人》，是我讀的第一本文學作品，開啓了我的文學之窗，後來，我拍了白老師的《孽子》和《孤戀花》，白老師的作品影像感非常強烈，但這只是我改編白先勇作品的原因之一。我會如此熱愛白先勇的作品，是因爲我與這些作品有極大的共鳴感，那些大大小小的人物，都有著滄桑的過往，但仍不放棄對現世各種情感的追求，白先勇對人性的悲憫，是我一而再、再而三沉迷其中的原因。

希望《孽子》這齣戲除了帶來歡笑與感動，也能讓觀眾思索更深層的，關於人性的悲憫，與靈魂的追求。

從現代文學到古典戲曲，我輩可說是沐浴在白先勇老師神話般的光暈中成長起來的。整十年前，由曹瑞原執導、改編自小說《孽子》的公視連續劇，剛得到國內外許多大獎，白老師親力親爲的青春版《牡丹亭》，正要掀動兩岸的崑曲熱潮，彼時，我受某雜誌之託，專訪過白老師。在那節骨眼上，我完全沒料到，再一次親炙白老師，竟是爲了《孽子》要搬上舞台，而我，竟就枉擔了劇場版《孽子》的編劇之名。

近一年來，不時有人關心我這場奇遇，「劇本怎麼樣？《孽子》是長篇小說，又是經典文學名著，改編的難度很高吧？」話雖如此問，不知怎地，從他們眼底隱隱閃爍的笑意，我總讀出潛台詞如下：「文學大師白先勇耶，你敢在他面前寫本子？」「劇本每個字都要過白老師的眼，你寫得動《孽子》嗎？」

編劇序　施如芳

貼回原著的心　才能神完氣足地跳動

坦白說，比起我慣常做的，自己埋種子、栽根苗，在劇場的光裡說一個新的故事，本於小說的改編，即使說故事的載體本質不同，對我來說，都已是前景開朗、成果可測的二度創作。何況，《孽子》小說中，精美而動人的詩性獨白，俯拾可得，主配角人物的個性，也經由舉止行爲和對白的口吻，塑得活靈活現，這些，原是編劇功力見真章的所在，白老師老早都做足寫完了。所以，我很清楚，此劇立於不敗之地，忝列編劇的自己，不必有所作爲，便先沾了光；而在此，我還能有作爲的餘地，乃是因爲，一晚上的戲，篇幅太有限，比不得小說、電視劇的容量，更因爲舞台戲劇訴諸直觀，需求此時此地與觀眾同在的當下進行式，《孽子》要從長篇小說轉換到劇場，我的工作重點，在於無微不至地推敲、取捨，期能掌握原著內斂的精華，將之安頓在最佳的位置，且憑個人對這個舞台知冷知熱的一點經驗，掐準屬於劇場的獨到魅力。

在劇場「玩」出不一樣的詮釋

放眼當代華文小說家，白先勇老師肯定是作品最多也最常被改編成電視、電影和舞台劇的一位。當年，他對著我稱述自己「在影視圈是有名的難纏的原著作者」。如今躬逢《孽子》盛事，我體驗到的是，從選角到運籌劇本，白老師幾乎全程參與，不管再怎麼忙，他只要回到台灣，踏進《孽子》的工作現場，很快就全神貫注在狀況內，他總能針對編劇、導演提出的構想，即時反饋，乃至於我們欲說還怯的想法，也都逃不過他的法眼。

面對白先勇老師這樣的原著作者，的確得鼓足勇氣和志氣才行。而我之所以敢答應這個活兒，是因爲一站到編劇的分上，我的志氣和勇氣，就莫名其妙大了起來。我的確吹皺過一池春水。那是今年初，第一次跟白老師開會，我交上一份關於主題、選材的報告的同時，建議從一場舉行在民國一百年的同志彩虹遊行，倒敘開展，並時而穿插（曹瑞原導演精擅的）影像畫面，意在融用小說中充滿戲劇性卻事過境遷的過往，或透露場上人物無聲勝有聲的幽微心境。還記得，白老師笑顏靄靄，耐心地聽完，他回饋的意思相當明白，他相信戲劇語言（包括獨白、對話）有足夠的力量，他希望《孽子》能呈現精純而凝鍊的面貌。

根據白老師提點的方向，我開始寫出一版又一版，由簡入繁、再由繁歸簡的劇本，足足八、九個月的時間，我們密集地開會，白老師的意念也表達得越來越具體。我從來認爲，從故事裡逃出來、把故事揭露給世人看的原創作者，是最「大」的。可是，幾次我流露出改編者知所進退的意態，開完會後，就接到曹瑞原和董陽孜老師的激勵電話。影視經歷豐富的曹導說，他把此版《孽子》當成自己多年來對美學感悟的一次重要驗收，他不戀棧電視劇的成績，希望能在劇場實踐中，「玩」出不一樣的詮釋。隱在幕後全力促成此劇的董老師，更再三告訴我：千萬穩住，別被白先勇的氣場懾住，或被他的魅力迷倒，三兩下就退得太多……

與時俱進的七〇年代台北故事

戲外面臨「人」，戲裡刻劃「人」。我始終覺得，最世故和最天真，兼容於白先勇老師一身。是他，在極年輕的時候，便用意識流技法，把人和時代寫得靈動、繁複而滄桑，可也是他，以一曲「原來姹紫嫣紅開遍，似這般都付與斷井頹垣」，帶動戲曲界回歸古典、嚮往青春的風潮。《孽子》完成於高壓體制下，出版後十餘年，還是本讓人不知從何談起的「怪書」，面對繪聲繪影、搔不到痛癢處的評論，白老師曾一語中的地回應說，這本書不是寫同性戀，而是寫同性戀的人。近來「多元成家方案」在台灣社會引發話題，他多次對媒體發言，強調孽子想成爲人子，同性戀者也是人，血裡帶來的一切人性需求，同性戀者都有，包括回家、成家，想要有個家。

對我來說，在工作劇本的過程中，白老師最能打動我的「原著者言」，並非來自於他身爲前輩文學大家的權威感，而是他，內心從不曾放下「那一群，在最深最深的黑夜裡，獨自徬徨街頭，無所依歸的孩子們」。每次講起黑暗王國的青春鳥兒們，他一個都不肯少，悲憫依舊，而用情更深，提及又有哪一個國家制定平等對待同性戀者的法律規章時，他總是眉飛色舞，讓人感受到這個表面上看似凝結於七〇年代台北的故事，在白老師心中是與時俱進的。不管用什麼形式重述《孽子》，他都惦記著要人看見李青一家再難回頭的離散，新公園不死的龍鳳血戀神話，傅老爺子和龍子錯位式的父子對決，還有還有，他希望在黑暗中召喚出救贖，讓台上台下他念茲在茲的孩子們都盼得到，回家有路。

《孽子》小說中的每一個人物，甚至每一字每一句，都是嘔心瀝血得來，在長篇的原架構中，人物的關係、互動，更無一虛設，拿掉任何一部分，原著的「痛」失感，比誰都深切。但白先勇老師拍板定調，他捨下了更多人物、情節，選擇相對定靜的敘事節奏，讓每一場戲盡可能專注於琢磨一人（家）一事，而婉拒歧出、交織的技法，想是因爲，白老師寧願不「玩」形式，也不要妨礙觀眾接收蘊在話語和情境裡的情感內容——當同性戀（者）作爲劇場的題材，越來越時髦，也越來越有舉重若輕的趨勢時，這位率先衝撞時代禁忌，以同志情愛挑動儒家價值、激盪父子關係的小說家，仍然堅持著當年的創作初心。《孽子》背後，有不絕如縷的嗚咽，即使同情理解了父親所受的苦，青春肉體捧在心口的那朵鮮紅的蓮花，依然如火般地綻放。這是同性戀者與命運對峙的姿態，輕鬆不得。

點出本省人、外省人間的微妙關係

但嚴肅不等於古板，白老師開放變動的地方，幅度大到整舊如新，甚至足夠變成新聞賣點。例如，曹導有意讓「楊教頭」這個角色由歌仔戲名小生唐美雲擔綱，這意味著，從黑暗王國貫串到安樂鄉的青春鳥兒領班，將從外省籍男同性戀者，改寫成本省籍女同性戀者。這個想法，一開始連曹導自己都不敢相信白老師會同意，但我在場親見，此話一出，白先勇老師眞的是兩眼放光，立刻拍案稱妙。十年前，他向我分析過《孽子》電視劇轟動全台的原因，除了這群孩子們身世可憐外，另一個關鍵，他認爲是這個故事「既有外省人的悲哀，也有本省人的悲情，十分貼近台灣人的心聲」，白老師坦承，他寫小說的時候沒想這麼多，但小說家的敏銳直覺，讓《孽子》恍若寓言，點到了本省人、外省人之間怨偶般的微妙關係。

審定最後一版劇本時，白老師又親筆將原本是上海電影時代紅小生、來台後變成萬年青電影公司董事長的「盛公」，改成走紅於台語片時代、藝名陽光的「楊桑」。我們從美國傳回的手稿，不難想見，白老師坐定書房，容光煥發地寫道：楊教頭在剛開張的 Gay Bar 跟徒弟們介紹楊桑，當年和小艷秋、白蘭、白蓉等知名女演員都配過戲，五月花、東雲閣、黑美人的紅酒女又如何搶著包養陽光……讀到這兒，董陽孜老師不禁又長嘆一聲：「誰知道呢，白先勇到底怎麼過日子的？他上哪兒知道這麼多台灣不同階層的人和事啊！」

這些人，這些事，都是白先勇老師的骨肉親，二〇一四年劇場版的《孽子》，終究還是要貼回原著的心，才能神完氣足地跳動起來罷！

孽子

Crystal Boys

寫給那一群
在最深最深的黑夜裡
獨自徬徨街頭
無所依歸的孩子們

我們這個王國，歷史曖昧，不知道是誰創立的，也不知道始於何時，
然而在我們這個極隱祕，極不合法的蕞爾小國中，
這些年，卻也發生過不少可歌可泣，不足與外人道的滄桑痛史。

——第二部《在我們的王國裡》P.11

第一場

■舞台上是新公園的空景，日近黃昏夕陽斜射到公園裡，柔柔的陽光遍及公園每個角落。遠遠一聲口琴，奏著〈踏雪尋梅〉，悠悠的口琴聲，透著一絲淒涼寂寞。

郭　老：(OS)在我們的王國裡，只有黑夜，沒有白天。天一亮，我們的王國便隱形起來了。因為這是一個極不合法的國度，我們沒有政府，沒有憲法，不被承認，不受尊重，我們有的只是一群烏合之眾的國民——

■一個孽子、兩個孽子……多個孽子踏著肢體舞步，從舞台四面八方漸次上場，如夢遊者般繞行著蓮花池，尋找著、追索著。

主題音樂淡入……

郭　老：(OS)在這個王國裡，沒有尊卑、沒有貴賤、不分老少、不分強弱，大家共同有的，是一具具讓慾望焚煉得痛不可當的軀體，一顆顆寂寞得發瘋發狂的心，這一顆顆寂寞的心，到了午夜，如同一群衝破了牢籠的猛獸，張牙舞爪，開始四處猖猖的獵狩起來。

孽子們：我們——

郭　老：(OS)如同一群夢遊症的患者，一個踏著一個影子，繞著蓮花池，無休無止輪迴著，追逐那巨大無比充滿了愛與慾的夢魘！

孽子們：我們——

郭　老：(OS)沒有尊卑沒有貴賤，不分老少不分強弱，共同有的是一顆顆寂寞得發狂的心，一具具讓慾望焚煉得痛不可當的軀體！

■音樂漸強，隨著音樂，一段以青春、慾望、狩獵與生命力為基調的群舞……

■音樂漸落……漸緩，孽子們的肢體、舞步變得沉靜、舒緩……，回復如夢遊者般，繞行蓮花池。

孽　子：(齊聲)我們

小　玉：如同一群夢遊症的患者，一個踏著一個影子，繞著蓮花池，無止無休，輪迴下去……

孽　子：(齊聲)追逐那個巨大無比充滿了愛與慾的夢魘。……我們

■音樂與孽子們的動作戛然停住，場光收黑，黑暗中孽子依舊佇立。

郭　老：（OS）你們總以爲外面的世界很大麼？有一天，總有那麼一天，你們仍舊會乖乖的飛回到咱們這個老窩裡來。

■父驅趕子的幕後音遠遠的傳來。

■舞台後方，李父追趕上，高大的身軀搖搖晃晃，正午的陽光照在他身上，空氣中充滿灰塵微粒，他手上不停揮舞著槍桿，咒罵著……

李　父：畜生！畜生！滾，給我滾，你給我滾……

阿　青：不要啦，爸……

李　父：你無恥，你不要臉！你去死！

阿　青：爸……

李　父：畜生！你滾……你給我滾……

■阿青隨後從下舞台踉蹌而上，隔著紗幕，與四顧茫然的父親呈對峙之勢。

ＯＳ：（訓導口吻）查本校夜間部高三下丙班學生李青，於本月三日晚上十一時許，在本校化學實驗室內，與管理員趙武勝發生淫猥行爲，爲校警當場捕獲，該生品行不端惡性重大有礙校譽，除記大過三次外，並勒令退學，以儆效尤——特此公告！省立育德中學校長高義天，中華民國五十九年六月十八日

■過程中，阿青徬徨，踉踉蹌蹌，不知所措，而李父悲憤哀切……。訓導公告OS結束。

李　父：（哭喪絕望）畜生，你這個畜生！我們家的臉讓你丟盡了……

■李父悵然下……留下阿青茫然望著父親離去的背影……阿青痛苦的幾乎哽咽哭出，他疲憊的慢慢癱坐下來……拿出口琴，吹奏起〈踏雪尋梅〉。

■口琴聲中，紗幕上，董老師書寫的「孽子」兩字呈現……黑暗裡蓮花池微微亮起，原來佇立在黑暗中的孽子一個一個亮起。

■口琴聲最後轉爲清亮純淨的男童音，紗幕從樹林意向轉爲蓮花意象。

■男童歌聲……響叮噹、響叮噹、響叮噹、響叮噹……好花採得瓶供養，伴我書聲琴韻，共度好時光！

阿　青：弟娃—弟娃——

■場燈收暗，孽子們暗下，「孽子」二字Fade Out，場上只留阿青與蓮花池，微微的亮光。

楊教頭提起桃源春，便很得意：「我那家桃源春麼，就是個世外桃源，那些鳥兒躲在裡頭，外面的風風雨雨都打不到，又舒服又安全。我呢，就是那千手觀音，不知道普渡過多少隻苦命鳥！」

——第二部《在我們的王國裡》P.14

第二場

■紗幕升，阿青起身踽踽往公園深處走去……，新公園漸次微微亮起。

■博物館台階上，郭老已站立在那裡，他慢慢走下台階，遠遠的望著阿青，隨之移動著。

阿　青：台北市的氣溫又升到了三十八度，新公園裡的樹木，熱得都在冒煙，重重疊疊的綠珊瑚、棕梠樹、大王椰子，一叢叢、鬱鬱蒸蒸，頂上罩著一層熱霧。公園內蓮花池畔，到了夜裡，都在噴吐熱氣，站在石階上，身上給熱氣薰得暖烘烘的，我圍繞著蓮花池，蕩過來、蕩過去，直到夜深，直到月落，才尋找到公園內那座古代陵墓似的博物館，我爬上石階，躲入那一根根矗立的石柱後面，暫時找到一塊棲息的所在——。

■隨著阿青的走近，博物館巨大石柱在黑暗中漸漸推移……呈現……，阿青慢慢的走上博物館台階，坐在台階上，埋首暗泣。

郭　老：小弟！

阿　青：啊！（本能地退了幾步）

郭　老：呵，把你嚇著了！頭一次進來吧？不用緊張，（看向公園四周，然後語氣沉穩篤定）這裡都是咱們同路人，我是這公園的老園丁，（看向阿青）誰飛到這窩兒來，都先要向我報到的。你和他們一樣，喊我郭公公吧。

阿　青：（帶點遲疑）……郭公公。

郭　老：嗯。青春藝苑，你聽過麼？

阿　青：沒有。

郭　老：傻小子，這麼有名的照相館你都沒聽說？那是我開的，來，跟我回去吧。

阿　青：這？

郭　老：睡在公園要著涼的，我那兒有糯米糕、綠豆稀飯，夠你哄一哄腸胃，嗯，跟我走！

■阿青起身步下博物館，跟在郭老身後走著。

■在此過程中，左下舞台青春藝苑推移呈現。

■燈光隨著他們的腳步區塊有些不同光區的轉換，以示路程距離。

■如離開博物館時，博物館燈光漸收，然後樹林布幕亦一一收暗。

郭　老：小弟，你叫甚麼名字呀？

阿　青：阿青，我叫阿青

郭　老：阿青？呵呵，這麼晚不回家，家裡怎麼啦？

阿　青：（遲疑，結結巴巴）父親把我趕出家了。

郭　老：（嘆息）唉，我就知道，你瞧，你瞧，光著雙腳丫子，連鞋子也沒來得及穿呢！那麼你媽媽呢？

■阿青低頭不作聲。

郭　老：媽媽也沒了，是嗎？那家裡還有甚麼人哪？

阿　青：（吞吞吐吐）本來還有一個弟弟，他叫弟娃——

郭　老：弟弟又怎麼啦？

■阿青停下了腳步。郭老回望阿青，理解似的沒再多問……

郭　老：（嘆息）唉……

郭　老：（面向觀眾，搖頭嘆息）這些野娃娃的故事，我聽得太多嘍，都是這樣的，他不說我也猜得到七八分啦。

■郭老帶阿青往左下舞台，閣樓上的青春藝苑走去，青春藝苑燈光亮起。

郭　老：到了到了，阿青，進來吧。

阿　青：嗯。

■阿青到處張望時，郭老端來食物。

郭　老：來來來，糯米糕，綠豆稀飯。

阿　青：謝謝郭公公。（端起碗，唏哩呼嚕地吃了起來）

郭　老：嘖嘖嘖，餓成這副德性，很久沒吃東西了吧？

阿　青：嗯嗯。

郭　老：當心，別噎著了。

■郭老取來包袱，在阿青身邊坐下，用顫抖的手，解開包袱的結。

郭　老：你慢慢吃，老園丁來講講公園的歷史給你聽。（感傷又得意地）這公園發生過多少可歌可泣的滄桑痛史呀，你沒趕上那些大風大浪的日子呢，阿青，我這件寶物，你一定得瞧瞧。

阿　青：青春鳥集?!（好奇地翻看）

郭　老：呵呵，這些個有靈氣、有個性的野娃娃，最合我的胃口了，你看看，各種神情，各種姿勢，各種體態，有的昂首挺胸，孟浪得很，有的畏畏怯怯，眼睛裡充滿過早的憂傷和驚懼。這都是他們從公園出道時，上青春藝苑來，我親自幫他們拍的照片。

■郭老敘述故事的過程中，收黑的公園裡，一張張巨大的青春鳥黑白肖像在公園裡錯落呈現。

（小憨仔、桃太郎、阿鳳……及其他人，最後亦有阿青肖像呈現……）

阿　青：(看著讀)四十三號，小憨仔，民國四十五年。(小憨仔照片呈現)

郭　老：這個是我的小麻雀，十四歲就從宜蘭逃到台北來流浪了，撒謊、勒索、偷東西，什麼都來，天天纏著我給他買小美冰淇淋吃。小傢伙說什麼也不肯讓我照相，這一張，是我用一桶椰子冰淇淋換來的。後來小麻雀拿了我五十塊錢，就飛掉了。(嘆氣搖頭)經過兩年，又讓我碰著的時候，他蹲在三水街一條臭烘烘的陰溝旁，一臉的毒瘡。

■阿青翻到相本另一頁。

阿　青：這個人有點像小林旭呀。

郭　老：呵，我叫他桃太郎，他爸真是日本人，在菲律賓打仗死的。莫看他清清秀秀的，性子卻是一團火。(桃太郎照片呈現)

阿　青：哦？

郭　老：他呀，跟西門町紅玫瑰的十三號理髮師打得火熱，兩個人逃到台南去，可是十三號訂了婚的，到底被家裡人給抓了回來，一逼，便成了親。

阿　青：那個桃太郎呢？

郭　老：他還去吃喜酒，跟新郎你一杯我一杯，喝得嘻嘻哈哈呢。誰想到吃完喜酒，他一個人走到中興大橋，(做手勢)蹦地……跳進淡水河了！

阿　青：哎呀！

■阿青一臉驚恐，愣愣看著郭老。

郭　老：(點頭嘆息)十三號天天去河邊燒紙錢，也不見桃太郎浮上來，人家說，他怨恨太深，屍身沉到河底去了。

■郭老似乎深陷在自己的記憶中……

阿　青：(翻到阿鳳頁)五十號，阿鳳！郭公公，阿鳳是誰？

郭　老：(悲戚地)在這些野娃娃當中，阿鳳的身世，最是離奇，最是淒涼的了。(阿鳳照片呈現)這個孩子，無父無姓，從小在天主教的孤兒院長大的，脾氣難纏得很，才十六歲，就從孤兒院翻牆出來，逃到公園裡來浪蕩，你瞧他那一身橫衝直撞的野勁，哎呀呀，不知迷倒了多少老頭子！但這可是隻野鳳凰呀，除了能聽我幾句話，誰也降不了他！

阿　青：後來呢？(音樂慢慢淡入)

郭　老：到了十八歲，阿鳳十八歲那一年，終於遇見了他的煞星，對頭是個大官的兒子，王尚德將軍的獨生子，王夔龍，小名叫龍子。龍子家世顯赫，人又長得體面，本來家裡都替他準備好出國留學，回來要往外交界創一番事業的，哪曉得一碰到阿鳳，這一對冤家啊，如同天雷勾動了地火，一發不可收拾，我沒見過比這兩個愛得更癡狂的人了，那必定是多少世的冤孽累積到這一生來還清、還盡。(唏噓的停頓了一下)那個龍子呀，只要一刻不見阿鳳，就滿公園尋找，你見到阿鳳了麼？阿鳳呢？阿鳳在哪兒吶！

■郭老模仿龍子四處尋覓的神態，不禁好笑。

郭　老：唉，他們兩個人確實也過過一段快樂的日子的！後來阿鳳跑來向我哭訴，說他要飛走了，他再不離開龍子，就要活活給燒死了！唉……(郭老長嘆一口氣，不勝憐惜)是他氣數已到了吧，沒過多久，就在新公園的蓮花池畔(看向新公園)，龍子一刀把阿鳳刺死了……。

阿　青：啊唷！

郭　老：龍子自己坐在血泊裡，摟住阿鳳，整個人瘋掉了！（長噓慨嘆）唉，這些鳥兒，不動情則已，一動起情來，就要大禍臨頭了……。

■主題音樂稍強，天幕給光，博物館剪影呈現，剪影中，孽子們再度上場，郭老、阿青轉身望向公園……居高臨下，孽子們穿梭在黑白肖像間。

郭　老：阿青，你編第幾號啦？喔，八十七，八十七號，小蒼鷹，我就叫你小蒼鷹吧……

阿　青：（困惑地）小蒼鷹？

郭　老：你們身上的這股野勁兒，就好像這島上的颱風地震，是血裡頭帶來的，去吧，阿青，你也要開始飛了！（阿青的照片呈現）

■在郭老的鼓舞下，阿青怯怯的步下台階，走向黑暗王國……

■原來的肖像轉換爲單色樹林景緻，公園裡的孽子們如歌隊般緩步迎向青春藝苑，迎入阿青，他們繞行蓮花池，並爲阿青換裝……

郭　老：（看著孽子們）這群失去了窩巢的青春鳥，一隻隻都是飄洋過海的海燕，只有往前拚命地飛，最後飛到哪裡，自己也不知道！（青春藝苑收光下）

■樂音漸揚，孽子們隨著歌聲漫舞著……一旁的阿青移動著腳步，先是怯怯的觀望著，然後亦隨之舞動起來……

■樂音落，眾孽子恢復寫實動作，成群聊天打屁，而換了裝的阿青，也已和眾人打成一片……

■新公園場景布幕恢復彩色色調

■手腕包裹著的吳敏，避開眾人，悄悄向阿青招手，一會兒，小玉、老鼠發現吳敏，也湊了過來。

吳　敏：阿青、阿青

阿　青：小敏，是你啊，甚麼時候出院的？

吳　敏：今天下午。

阿　青：傷口很痛吧？（去拉吳敏的手腕，吳敏退縮）看你臉色這麼蒼白，還沒吃晚飯吧？

■吳敏低頭不語。阿青掏出兩張鈔票塞給吳敏。阿青對待比他年輕的孩子，就像對待他的弟弟一般。

阿　青：你拿去買碗麵吃吧。

吳　敏：（囁嚅）阿青，你替我去找了張先生沒有？

阿　青：（搖手）你快別提那個人了，我們去他家，他把你的衣服通通扔了出來給我，叫我們帶走呢！

吳　敏：啊……（滿面痛苦叫道）

■小玉跳過來指著吳敏呵斥。

小　玉：嘿！你居然還能活著出來，我以爲你掛掉了呢！你就這麼犯賤？你替那個姓張的做牛做馬，他攆你出門，一天都不許多留！那種無情無義的傢伙，也值得你爲他割腕自殺？害得小爺還抽了五百cc的血輸給你！你要尋死，爲什麼不去跳樓乾脆些！

■小玉用手指去戳吳敏，阿青護住吳敏，擋開小玉。

阿　青：得啦，得啦，小玉！

小　玉：（意猶未盡）你趁早死了這條心吧，那個姓張的另外有人了，那天我們一齊去他家找他算帳，他在沙發上摟著個小野種看〈群星會〉呢！

青山和婉曲在唱歌：菠羅甜蜜蜜、菠羅就像你——

■小玉一搖三擺在學婉曲唱歌，楊教頭搖著扇子上，趁小玉耍嘴皮子時，冷不防賞了他一記扇子骨，又把他的手反轉到背後。

楊教頭：是哪隻採花蜂笑得這風騷，也不怕把警察給誘來？

眾　人：師傅！

楊教頭：（打量小玉）喲，襯衫翻領，喇叭褲，半筒靴磕跺磕跺的，穿到這一身，是哪個有錢的乾爹給你贊助光采的？

小　玉：楊教頭的徒弟不能落漆——（痛得哀哀叫）哎喲！

楊教頭：愛獻寶是否？這把骨頭是有幾斤重，我不就來稱稱看。

小　玉：誰不知道，楊教頭在公園喊水會結凍。

楊教頭：（尖起鼻子聞了小玉一下）嘿，你這一身香噴噴的，擦了些甚麼牌子的香水呀？

小　玉：Shiseido！（得意洋洋）

楊教頭：霍！高級日本貨嘛，你這個騷兮兮的東西，專愛吃沙西米。最近又拜個日本華僑做乾爹了？

小　玉：我那個死鬼老爸本來就是日本華僑嘛，那年他來台灣賣 Shiseido 化妝品，在黑美人遇到我媽，那個馬鹿野郎後來溜回東京去了，只留給我媽十二瓶 Shiseido 香水！

楊教頭：哎，天實在創治人，小玉歸工在舞這些胭脂水粉，肖想做查某的——

小　玉：我媽懷了我，去廟裡求媽祖讓她生一個查某子，偏偏那天媽祖傷風，耳朵不靈，把查某聽成了查埔，就給我裝了一隻小雞雞……

楊教頭：（把小玉拉來擰了一把腮，用扇子指了一指小玉下面）小妖精！要不是你多了那麼一點，我就娶你當我的「婆」了。

■說著，楊教頭用扇子引逗小玉，小玉撒嬌應對。公園眾人起鬨喧鬧。

■眾人正起鬨時，楊教頭瞥見老鼠躲在阿青身後，搶一步上前，一把揪住他耳朵。

楊教頭：哎呀，老鼠，原來你躲在這裡！（動手要拖老鼠）

老　鼠：（倉皇叫）啊！啊！師傅！

楊教頭：（捉住老鼠手梗子）你們快去拿把刀來，我要把這雙賊爪子剁掉！

老　鼠：師傅不要啦。

楊教頭：師傅難道沒爲你著想？一天到晚，手腳就是不乾淨，找死也不找好日子，介紹客人給你，誰准你偷人家東西啦？楊教頭的金字招牌都讓你踩到腳底下去了！

老　鼠：（獨自咕嚕）拿他一枝鋼筆來玩玩，也算偷……

■楊教頭用扇柄狠戳老鼠一下額頭，才放開手，哀怨的訓話。

楊教頭：我命苦哇，收了這麼一群徒弟，一個個，都是天生的賤骨頭，就算師傅千辛萬苦給你們謀到件正經差事，嘿！居然還給我要大牌呢！三天兩頭，一言不合就開小差。唉，你們要知道，就是觀音菩薩千手千眼，也渡不了沒定性的苦命鳥吶！你——（用扇子指向吳敏）你過來。

■吳敏戰戰兢兢走過去。

楊教頭：(用扇子敲了一下吳敏的頭)你這個下流東西，居然敢去割手腕！我恨不得把你那個(指了一下吳敏下面)割掉才好呢！你在醫院裡這麼一鬧，你們猜花了我多少錢？五萬七千塊！伊娘咧！五萬七，哪來的這筆錢呀！——

小　玉：一定是師傅出的嘍，師傅最疼小敏了。

楊教頭：放屁！師傅又沒有開銀行。這筆錢呀，是傅老爺子出的。

小玉、老鼠：哦，又是傅老爺子啊！

楊教頭：吳敏，你快去替傅老爺子立個長生牌位，你這條小命都是他救的，你算是二世人啦——你們聽著，你們要牢牢記住，傅老爺子就是保佑咱們的活菩薩啦。人家傅崇山傅老爺從前在大陸也是響噹噹的一號人物哪！聽說當過司令官呢，這裡好多軍警界的人都是他的老部下，要不是有個有頭有臉的人撐咱們的腰，咱們還想在公園裡混嗎？

■突然想起甚麼，尋找阿青的身影，並往阿青的方向走去，一旁，怕那扇子骨的孽子們，機靈的閃躲著。

楊教頭：阿青——

阿　青：是，師傅。

楊教頭：你乖，今晚你早點回到傅老爺子那裡去。這陣子，老爺子身體不好，晚上常常鬧心痛，你不要睡到不知人，老爺子一喚聲，就趕緊過去看看……他現在孤孤單單一個人，唉，這麼個好心人，卻偏偏連個獨生子都早早報銷去。

阿　青：知道了，師傅。

楊教頭：你要知福惜福，服侍傅老爺子這份差事得來不易，剛好他家吳大娘摔斷了腿，我又在他面前說了你一籮筐好話，你要拿出真心，頭仔興興不較簡單，尾仔冷冷就撿角了。

阿　青：師傅放心，我會好好做的。

小　玉：師傅最偏心了，甚麼好事都落在阿青身上。見了阿青就咯咯咯母雞帶小雞似的。

老　鼠：對啦，師傅的心是歪的，一下子歪向東，一下子歪向西。

■楊教頭跳起來拿扇子追打小玉、老鼠。

楊教頭：嘿嘿(嘆一口氣)你們這些小鬼頭，就算阿青還懂事，上得了台盤。阿青，快去吧。記得幫師傅向傅老爺子請安呀。

阿　青：知道了。(阿青匆匆離去)

楊教頭：(指著小玉)這一身的騷味，老爺子是正經人，他那裡容不下你這麼個小妖精。就憑這張嘴，又像刀，又像蜜，我看我乾脆把它撕爛準都煞……

■楊教頭打鬧般欺近小玉，作勢要撕爛小玉的嘴……老周閃上，氣急敗壞的喚了一聲小玉，小玉轉身，老周一巴掌轟在小玉臉上。

小　玉：(氣急敗壞)你幹麼打我啊？

■小玉潑辣的衝向老周，兩個人拉扯起來……

楊教頭：哎喲，像摸壁鬼哩。

老　鼠：(輕聲說)是老周欸！

小　玉：(氣憤)你幹嘛打人啊！

老　周：(上火)你說吧，最近在哪裡賣？又撈多少啦？

小　玉：我在哪兒賣？撈了多少？難不成周大爺有我的賣身契，還要來抽我的頭不成？

楊教頭：(擋在老周和小玉中間)嘜啦，嘜啦，老周，有話溫溫仔說就好。

老　周：(直指楊教頭)有啥好說的？我正要找你算帳呢，若不是你點頭，小玉能亂拜乾爹，泡上一個日本回來的華僑？(對眾人)你們全一個鼻孔出的氣！(對小玉)上禮拜我才送你一支手錶——

小　玉：(褪下手錶擲給老周)喏，誰稀罕？不過就是支精工錶嘛！

■老周扯小玉襯衫。

老　周：這件衣服也是我買給你的呢！

■小玉脫掉衣服，摔給老周。

小　玉：拿去！拿去！

老　周：你！不要臉的賤貨，那個日本華僑，一夜貼你多少了？

小　玉：林樣麼？我是不要他的錢的。

老　周：你們聽聽，多下流！(舉手戳向小玉)

楊教頭：哎呀，別這樣別這樣，難看啦！

老　周：人家是華僑，你就顛著屁股上去，白賠了！

小　玉：我下流，你不下流，你不下流，你會顛起屁股上我這兒來——

■老周又要出手想甩小玉巴掌，被楊教頭一把攔住，小玉蹦跳了起來。

楊教頭：喂！公園這個地方，不准你來撒野！

小　玉：你敢打人？小爺揪你到警察局告狀去！

■警哨聲大作。

楊教頭：賣命，說曹操曹操就到！

鼠、敏：警察真的來了啦

老　周：有種就別逃呀。

■老周又一把拉住正想逃的小玉，兩人扭打著。

楊教頭：老周，別再鬧了啦，(對眾人)走走走，快來走，隨人行一路！

■警察們上，揮動著警棍追趕，眾人四散逃開。

警察們：站住！站住！

■警察狂吹警哨。

■小玉順手一推，逃開，老周一頭撞入警官懷裡。

老　周：哎喲！

警　官：哎喲！阿公，你小心點啊。

■老周尷尬地起身，默默撿拾地上的手錶和衣物。

警　官：阿公，那個是你孫子嗎？你是來抓他回家的哦？
老　周：（哭喪的）他都不要了，他啥都丟光了。
警　官：東西撒了一地，要落跑還把阿公推倒，這種孫子實在可惡，有夠不孝的！（不忍心地）阿公，我幫你撿啦…

■老周望了一眼警官，將他手上東西搶了過去，警官知趣的離去。

■場燈漸收，老周落寞離去…

父親做了一輩子的軍人，除了衝鋒陷陣以外，別無所長，找事十分困難。在機關裡，他連張辦公桌也沒有的，其實用不著天天去上班。可是父親每天仍穿著他那唯一一套藏青嗶嘰中山裝，踏著他那僵硬的軍人步伐，風塵僕僕的去趕公共汽車。

——第二部《在我們的王國裡》P.49

第三場

■阿青進門，發現傅老爺子坐在椅子上打盹。

阿　青：老爺子。
傅老爺：阿青，你回來啦？
阿　青：老爺子服過藥了嗎？我去倒開水。
傅老爺：用不著，我已經服過藥了。我正想問你，阿青，你在傅衛房間睡還習慣麼？
阿　青：那間房很舒服啊，不瞞老爺子說，我在家裡還沒有自己的房間呢。
傅老爺：（有所思）傅衛不在了，他房間裡的東西我都沒動過。你在這裡不要太拘束了，他的東西，你都可以拿來用。
阿　青：知道啦，老爺子。
傅老爺：你師傅一直稱讚你老成可靠，推薦你來給我作伴呢。
阿　青：老爺子有甚麼事儘管吩咐就是了。
傅老爺：聽說你也是軍人子弟啊？
阿　青：我父親從前在大陸當過團長的，他常常很得意的告訴我們，抗戰期間三次「長沙會戰」他都參加過了，把日本人打得唏哩嘩啦，他還受過勳呢。

傅老爺：哦，他屬於哪一軍啊？

阿　青：好像是第七四軍吧。

傅老爺：唔，七四軍抗戰表現得很傑出，紀律也好——（深深嘆一口氣）唉，只可惜後來下場不是很好。在山東和共軍作戰，幾乎全軍覆沒，連張軍長都自殺了。

阿　青：父親突圍逃了出來，不過，到了台灣被革去軍職，永不錄用，因為他被俘擄過。

傅老爺：哦，那你父親在台灣很不得志呢。

阿　青：父親認為被革去軍職，是他一生中的奇恥大辱。他躲在家中，甚麼人都不想見，有時候過年，他的老部下來給他拜年，父親躲進廁所裡去，隔著門對我說：快去告訴他們，不在家！不在家！

■阿青說著笑了起來。

傅老爺：（嘆息）唉，你們不懂的，軍人最要緊就是榮譽兩個字，你父親被革去軍職，他在人前抬不起頭來。他躲在家裡都做些甚麼啦？

阿　青：他整天坐在竹椅子上看小說，看《三國演義》，他那本廣益書局出版的《三國演義》都給他翻得起毛邊了。他常常叫我過去說：阿青，今天我給你講一段「天下大勢，分久必合，合久必分」的故事。

■阿青學他父親講話，他和傅老爺大笑。

傅老爺：我聽說你們父子，兩人不和，是怎麼回事啊？

■阿青漸漸低下頭去。

阿　青：我犯了校規，被學校開除，父親把我攆出了家門。

傅老爺：（拍拍阿青的肩膀安撫他）你父親正在氣頭上，下了重手，他心裡不一定好受（傅老爺幾乎是在替自己辯白）你要體諒他一些——

■阿青低下頭沒有作聲。

傅老爺：（深深嘆了一口氣）唉，你們這些孩子啊。阿青，你去休息吧，我也累了。

■傅老爺子轉身，腳步沉重走下去。阿青要向前去扶他，他揮手止住。燈光隨著他背影淡出。

■〈孤戀花〉的曲子揚起，阿青聞聲，似有所感，陷入回憶，阿青走向前台光區，黑暗中的傅老爺家下。

阿　青：老爺子晚安。

阿　青：我們的家，在龍江街，龍江街二十八巷，那整條巷子都是中下級軍官的宿舍，兩排木板平房，一棟棟，舊得發黑，那條死巷有一種特殊的破敗與荒涼。巷子底，那棟最破、最舊、最陰暗的矮屋，便是我們的家了⋯那整棟房子，常年都在靜靜的發著霉，我們衣服上老是帶著一股霉味，母親替我們洗，怎麼也洗不掉，可是父親卻說，「能夠住進這樣一棟房子，已經是萬幸了」（學父親說話，笑著搖頭）母親嫁給父親時，才十九歲，要比父親小三十多歲。

■背景公園微微亮起，李父李母一前一後走著，阿麗手抱一坨待洗的衣物。

阿　青：母親年輕時，頗有幾分姿色的，（阿青想到母親，聲音變得溫柔起來），她那一頭烏黑的長髮披到背上，一張雪白的娃娃臉，好像一個總也長不大的小女孩，可是她走在父親身後，一高一矮，是

我們巷子裡一對看起來有點滑稽的老夫少妻……(搖頭微笑)

■阿青轉身看向父母，阿麗走至蓮花池畔時，好奇四顧，阿青跟了過去。

李　父：阿麗，跟上！

■李父李母兩人下，阿青再度轉向觀眾。

李　青：可是我八歲那一年，母親突然離家出走了，她跟了小東寶歌舞團一個小喇叭手，一齊私奔，一去不回……

■場景收黑，阿麗唉嘆聲中，阿麗住處推移呈現。

■阿麗家燈亮，場上的阿青直接進入阿麗住處，此時新公園收光。

我退了幾步，跑出了母親的房間，從那道幽暗迴旋的水泥樓梯，奔了下去，母親那尖厲的慘嚎，一聲聲從樓上追逐下來。回頭望去，那碉堡似的樓房，灰禿禿的矗立在烈日的太陽下，牆上佈滿了一個個小黑洞，好像一座大監獄似的。

——第二部《在我們的王國裡》P.62

第四場

■燈再亮時，阿青提著一袋柿子，走向舞台掛著蚊帳、塞滿棉被的床的所在。

阿　麗：(呻吟聲)嗯，嗯，哎喲！

阿　青：(往屋內探頭)有人在麼？

阿　麗：外面有人否？是都死去哪兒了？

阿　青：(邊喊邊向屋內走)黃麗霞，黃麗霞有住在這裡否？

阿　麗：是誰啦？

阿　青：阿母，是我，我阿青啦。

阿　麗：啊，阿青？眞的是阿青麼！

■床頭一盞暈黃的燈陡然打亮；阿青向前，掀開蚊帳。

阿　青：(來至床邊)阿母！

阿　麗：你來得正好，阿青，快，趕緊，把你阿母抱起來，我快急死了，(指床前的痰盂)那裡、那裡——

阿　青：我看到了。

■阿青抱阿麗至痰盂上，轉過身。

阿　麗：哼，我那個湊陣的眞無情啦，看我病到粒粒粒，醜糊糊了，就把我放在眠床，喉嚨孔喚到破，也沒人要睬我，好佳哉你來哦，好了啦，阿青。

■阿青將阿麗抱回床上，阿麗邊呻吟，邊碎碎念。

阿　麗：(呻吟聲)哎喲，輕一點！我也不愛拖累人家，哪知這口氣就斷袂去哩。阿青，你怎麼知道我住在南機場這裡？

阿　青：弟娃告訴我的，他來找過你一次，他說你還帶他去西門町一條龍去吃餃子呢……可是，吃完了，你卻叫他以後不要再來找你了。弟娃回去傷心了好久……。

阿　麗：唉，弟娃這個囝仔——

阿　青：阿母，你們小東寶歌舞團在美麗華戲院表演，我帶了弟娃到三重偷偷去看過你跳舞呢——

阿　麗：該死哦，你們兩個死囝仔，去偷看你老母跳舞啊。

阿　青：你們幾個人在台上跳來跳去踢大腿，臉上都擦滿了胭脂，紅通通的，弟娃站在凳子上，找了半天才認出你來，他叫了一聲阿母就哭起來了——

阿　麗：(慚愧)唉……弟娃可憐呵……(哽咽)是阿母不好，阿母對不起你們啦，阿母把你們丟下，跟別人跑了，是阿母沒有臉見你們兩個啦——(抽泣)

阿　青：(拍拍阿麗，安慰她)阿母——

阿　麗：醫生說，毒已經跑進我骨頭裡去了，兩條腿都要鋸掉，鋸一條要七千塊哩！莫說我沒錢，有錢我也不鋸。醫生說，毒已經散開了，一攻心人就要死了。死也嘸關係！(聲音高亢起來)我這種女人還活著幹甚麼……

阿　青：阿母，你莫亂講啦。

阿　麗：(抓住阿青的手臂)阿青，你答應你阿母一件事好嗎？阿母從來沒有求過你，你就替你阿母做這一件事。

阿　青：好啦，阿母。

阿　麗：你阿母是活不長的了。阿母死了，你到廟裡去，替你阿母上一炷香。你去跪在佛祖面前，替你阿母向佛祖求情。你阿母一輩子造了許多罪孽，你求佛祖超生，放過你阿母，免得你阿母在下面受罪……(哭泣)

阿　青：好啦(安慰阿麗)，我會去做的啦，你怎麼一直在發抖？(替阿麗拉被蓋好)

阿　麗：阿青，昨晚我夢到幾個小鬼仔，就圍在我床邊，他們手上拿了繩子，走過來就套住我的脖子，要把我拉走呢……(雙手亂抓亂打)滾開！我叫道，滾開！滾開！

阿　青：(按住阿麗讓她安靜下來，哄她道)阿母，你看，我帶了柿子來給你(拿出柿子)，剝給你吃好嗎？

阿　麗：(醜怪的笑了起來)好呀，我就最愛吃柿子的了，只聽到嘴涎就流出來了。

阿　青：剛在出呢，你吃吃看。(遞過一枚柿子)

阿　麗：哦，好甜，眞好吃。阿青，你不知他們多酷刑哩，都飼你阿母吃那個臭酸的東西，我寧願餓死，也不要吃那個餵豬的餿水。(阿麗斜看了阿青一眼)阿青，看你這一身，好像混得還不錯嘛，你帶了錢嘸？留點錢給阿母用好麼？阿母想買塊西瓜都沒有錢。

■阿青掏出幾張一百元鈔票塞給阿麗。

阿青：這有三百塊，你先拿去吧。

■阿麗抓住鈔票，突然笑得像小女孩，忙把鈔票拚命塞到枕頭底下。

阿麗：我要把錢藏好，要不然他們又要來偷我的東西了。（嘆了一口氣）阿青，你不會恨阿母吧？

阿青：恨你甚麼？

阿麗：恨阿母偏心。你知道，阿青，阿母生你的時候，崩血崩到嚇死人，差一點沒命。

阿青：你一天到晚說，我是五鬼投胎來向你討債的。從小你就討厭我，小時候不知道挨了你多少巴掌。

阿麗：（歉然）唉，唉，你不知道，你小時候的脾氣比牛還要強哩！說你一句，你就頂十句。

阿青：你偏心弟娃，甚麼好東西都留給他。

阿麗：我懷弟娃的時候，夢到送子觀音呢。弟娃長得像個玉娃娃那麼可愛。你怪阿母偏心麼？

阿青：那時我心中很不服氣，有一次你替弟娃洗澡，我趁你去倒水跑進去，把弟娃的膀子狠狠咬了一口，弟娃大叫，你拿起火鉗把我的頭打出一個大疱來。（摸著頭呵呵笑了起來）

阿麗：阿青啊，弟娃是你親骨肉，你一定要對他好的。

阿青：我對他怎麼不好？他小學畢業我送他一支口琴，他愛得不得了，捧在手上天天吹，吹他那首〈踏雪尋梅〉。這些年你不在，都是我在照顧弟娃的哩。你剛離開那幾天，弟娃害怕，晚上爬到我床上來哭個不停，我只好摟著他，哼你常唱的那首歌，哄他睡覺。

阿麗：（興奮起來）是麼？是麼？（開始哼唱）月光暝，月光暝，夜夜思君到深更。人消瘦無元氣，為君唱出斷腸詩，啊～啊～（兩人依偎，笑了起來）

■〈孤戀花〉的歌聲中，舞台另一方，李青家燈光微微亮起……空蕩的客廳……李父從屋內走出，上班的裝扮……出門前他望了一下掛在牆上的結婚照，並擦拭了一下，然後關上門出門……客廳恢復空蕩……

阿麗：想起來，你老爸對我，也算不壞，只是，同眠床同領被睡那麼多年，囝也生兩個了，他還不時說，你這個台灣女人懂甚麼？他這個老芋仔，又懂我甚麼呢？我自小漢做人家的養女，十九歲就嫁尪生子，這輩子，不曾真正被人疼過惜過（此時傳來〈六月茉莉〉的小喇叭樂聲），一直到遇到在歌舞團吹小喇叭的武雄……

■小號聲揚起時，博物館剪影呈現，單條單色的樹林亮起，蓮花池亮起……

■阿麗原本病容的臉龐轉為青春愉悅，她如夢遊一般起身走向前台……

■阿麗隨即隨著旋律哼唱著……上舞台小喇叭手穿著帥勁的樂手制服上，並向阿麗的方向迎來……

阿麗：每次聽到武雄的音樂聲，想起他胸坎的氣味，我就忘記什麼叫做見笑！只有他了解我，讓我開心。

■然後阿麗轉身迎向向她走來的小喇叭手……

阿麗：（開朗地）六月茉莉滿山香，挽花也著哩都惜花欉，親像蝴蝶亂亂弄，採過一欉哩都過一欉。

阿　青：阿母！

阿　麗：六月茉莉眞正美，郎君生做哩都眞古錐，好花難得成雙對，身邊無娘哩都上克虧。

阿　青：（獨白）母親大概一生都在害怕什麼吧，她那雙閃爍不定的眼睛，如同受驚的小鹿，四處亂竄。一輩子，她逃亡、流浪、追尋，跟過一個又一個的男人，飄泊了大半生，最後淪落在這裡，染上一身的毒，在等死……這一刻，我感到與母親十分親近起來，我畢竟也是她的骨肉，終於，我也步上她的後塵，開始在逃亡，在流浪，在追尋了。

■小喇叭手爲阿麗戴上白色金邊的男人帽子，在她耳邊說悄悄話，只見阿麗笑得燦爛，圍繞著小喇叭手漫舞。

■舞台另一方，下班的李父回到家中，四處找不著阿麗，幕外卻傳來弟娃的哭聲，疑心妻子出外調情、偷情，而出現捍衛尊嚴的姿態。

李青父：我回來了！怎麼，不在家？阿麗！阿麗？阿麗！阿青，阿青，你媽呢？

阿　青：我，我不知道。

李青父：弟娃乖，別哭了喲！（越想越煩躁，喝）阿青，去抱一下你弟，（兇弟娃）老子還沒死，哭個甚麼勁兒？阿麗，阿麗！

■李父步出屋外，他撞見了漫舞的阿麗與正遠去的小喇叭手……

李　父：（喝斥）阿麗！

■新公園隨著小喇叭手遠去漸收光……

■李父射著怒火的眼神，與停下舞步、驚惶羞愧的阿麗彼此對峙著……，然後父親與李青家收光，李父悲愴下。

■阿麗羞愧的悲泣起來，身軀無力癱軟下去……阿青趕緊過來，將母親扶住。

阿　青：阿母！（上前扶阿麗回床上）你躺好，要甚麼告訴我啦！

阿　麗：病到無效了啦，要喫一嘴茶，也無法度自己來。

阿　青：我來盛就好。（端茶給阿麗）

阿　麗：（喝了一口茶）阿青，老頭子好麼？你阿爸還有每天呷酒否？

阿　青：我，我不知道，我很久沒看到他了。

阿　麗：（困惑地）啥，你們父子？

阿　青：阿爸把我趕出來了。

阿　麗：（突然亢奮地）哦，你也跑出來了！（突然想到弟娃）若這樣，現在不就剩弟娃一個在你阿爸身軀邊了？阿青（握阿青的手），甚麼時候你再回去帶弟娃來讓阿母看？

阿　青：阿母我——（欲言又止）

阿　麗：怎樣？好否啦，阿青？最後一次了，就算阿母求你——

阿　青：（一鼓作氣）阿母，弟娃死了！

阿　麗：（沒聽懂）你說什麼？

■聽著阿青急切的傾訴，阿麗一整個人空洞起來。

阿　青：阿母，那天弟娃發高燒，醫生看做是重感冒，只給他打退燒針，想不到他是肺炎，到第三天，弟娃就開始昏迷了，整晚都在咳，全身燒燙燙，我和阿爸趕緊送他去台大病院急救，他們給他上了氧氣，弟娃直著脖子，喘了一夜，他邊喘都邊在喚阿母，我一直抱著他，天快亮的時候，他就斷氣了。

阿　麗：弟娃……

■阿青似乎陷入當時悲傷的絕境。

阿　青：沒多久，醫院的人要來抬弟娃，我用腳猛踢他們，不准他們碰，阿爸硬把我拉開，他們就用一塊白布把弟娃蓋起來，把他抬走了！（忍不住失聲痛哭）

阿　麗：我不信，造孽的是我，爲什麼會去死到弟娃呀？

阿　青：阿母！

阿　麗：（狀似眼前出現異象）你們這兩個小鬼仔，弟娃給我留著，要抓就抓我，來啊！你們抓我，快來抓我呀！

阿　青：阿母，弟娃已經被扛去埋了！

阿　麗：（指向阿青，厲聲）你們，是你們把弟娃害死的。

阿　青：阿母，弟娃是肺炎……

阿　麗：什麼肺炎？我不懂！我知道了，我只帶弟娃去吃點心，沒帶你，你嫉妒，所以才把弟娃害死，對否？

■阿青爭辯著，悲不可抑。

阿　青：沒啦，不是啦！

阿　麗：哼，還假有情，跑來說甚麼有的沒的，甚麼肺炎死的，是你是你，我要你賠命，我要我的囝，弟娃，你把弟娃還給我呀……

■阿麗爬起來，雙手掐住阿青脖子，阿青猛力掙脫。

■阿青跌跌撞撞地跑下，阿麗所在處急速收光，但仍可聽見她繼續尖厲慘嚎著，全場收光。

第五場

母親出走的那個晚上，父親喝醉後，咿咿唔唔訓了一大頓我們不甚明瞭的話，講到後來，他自己卻失聲痛哭起來，他那張皺紋滿佈灰敗蒼老的臉上，淚水縱橫——那是我所見過，最恐怖、最悲愴的一張面容。

——第二部《在我們的王國裡》P53

■收音機國劇聲淡入，公園夜色燈光與李家燈亮，跑進公園裡的阿青望著早在博物館上方的月亮。

■舞台另一邊，李家屋外李父在下舞台亦望著夜空上的圓月。

李青父：山東老家的月亮比這個大多了！（猛然打了個寒噤）這月光怎麼像盆冷水？又是中秋了呢！

■李父含含糊糊哼著京戲〈四郎探母〉的詞，他喝醉了酒，腳步顛得厲害。

李青父：（唱）我好比籠中鳥，有翅難展……。

■李青父進屋後，往竹椅子一靠，就打起盹來，老態畢露。

■阿青往母親家走去，昏暗空蕩的房間，只有一個骨灰罈。

阿　青：母親在我去看她的第二天，半夜裡斷的氣，臨終時母親一個人孤孤單單，想必是萬分淒涼的吧。

■阿青坐上那張空蕩的床，感傷、不捨的。

阿　青：我按照她的遺言，到大龍峒大悲寺在大殿上替她上了一炷香，我跪倒在佛祖面前，乞求佛祖超生，赦免母親一生的罪孽。（阿青站起）在風雨中，我把母親的遺體護送回家，趁著父親下班前，我偷偷翻牆爬進了我們家，把母親的骨灰，送回父親身邊。

■阿青走近父親，看著沉睡的父親及破敗的家。

阿　青：離家這段日子以來，我越來越感覺得到父親那沉重如山的痛苦，連閉上眼睛，都聞得到那散著霉味的客廳裡，令人窒息的壓迫。母親她，應該也很害怕面對父親那張灰敗蒼老的面容吧，一直要到死了，燒成了灰燼，她才敢回來，畢竟，她還是依戀著我們這個破敗的家，畢竟，她不願流落在外，變成孤魂野鬼！

■阿青走出屋外，李青父突然有所感應地驚醒，發現了骨灰罈。

李青父：啊，這是？（拿起字條）是阿青！（顫抖著手讀字條，阿青口白隨之出）

阿　青：（恭敬的口吻和姿態）父親大人，母親已於中元節次日去世，這是母親的骨灰罈……

李青父：阿麗！阿麗！

阿　青：母親臨終留言，囑兒務必將她遺體護送回家，並下葬弟娃墓旁，青兒留。

李青父：（在屋內轉了一圈）阿青，阿青！（衝出家門口）阿青！（轉回屋內）

■李青父環抱住骨灰罈，哀痛的嚎哭起來……

李青父：（撫著骨灰罈，顫抖抖喚）阿麗！阿麗……

■屋外的阿青終於忍不住的哭泣起來……

阿　青：父親雖恨母親墮落不貞，但他對母親，其實並未能忘情，牆上那張唯一的結婚合照，在母親出走後，一度取下，但幾年後，又悄悄掛回了原處。我相信，他也熱愛過母親的，只是他表達愛的方式，比較暴烈。

■李青父把收藏在屋內的寶鼎勳章的紅木箱捧出，放到案頭上，再取出勳章，他睜著昏花老眼，小心翼翼吹撣勳章上的灰塵，並試著擦掉銅銹。

阿　青：父親器重過我，他盼著我有一天，考進陸軍官校，成爲一個優秀的軍官，繼承他未竟的志業，洗雪掉他被俘擄被革職的屈辱，替李家爭一口氣。

李青父：哎，都長綠鏽了呢。

阿　青：我考上高中那天，父親把我叫進房裡，他鄭重其事地取出那枚勳章，我覺得那勳章挺好看，伸手去拿，他一把就擋掉我的手……

李青父：急什麼？站好，站好！我跟你說過長沙會戰吧，是薛岳將軍指揮的呢，那一仗我們把日本鬼子殺得大敗，這光榮是你老子和日本人血戰，拿命換來的！站好！站好！

阿　青：等我雙手緊貼著褲縫，立正站好，父親拿起那枚勳章，把它別在我制服的衣襟上。

李青父：（高舉勳章，亮在聚光燈下）敬禮！

■阿青向父親和勳章的方向，行了個舉手禮，剎那間，屋裡屋外的父子各有感觸。

李青父：阿青，我要你牢牢記住，你父親是受過勳的！

■李青家、阿麗家漸收光，全場只剩阿青敬禮姿勢的光影及公園微弱光影。

阿　青：我被學校開除，粉碎了父親最後一線希望，打破了他最後一個夢想……

■李青家、阿麗家場景下。

■主題音樂隱隱揚起，阿青踽踽獨行，蹭到蓮花池一角坐下，公園有一北一女學生下課走過，阿青埋頭飲泣。公園另一方，龍子出現在博物館台階，繞著蓮花池，尋尋覓覓。他看到阿青坐在一角，踉蹌奔走過去，要去摟抱阿青。

龍　子：阿鳳……阿鳳……

■阿青抬頭回望，音樂寂然，郭老上。

郭　老：（重重嘆一口氣）唉，這些鳥兒啊，無論飛得多遠，飛到天涯海角，有一天，總有一天，你們總還是要飛回到咱們這個老窩裡來。喏、喏、喏，十年了，十年的日子不算短哪，他終於又飛回來啦，回到咱們這個王國裡來，在這個最深最深的黑夜裡，又開始圍著蓮花池轉啊轉……一圈一圈，輪迴下去，尋尋覓覓，找呀找喔，他在找甚麼？找他那顆失去的心，找他那隻野鳳凰，那隻不死鳥，找那失落了多年的靈魂——

■收光。

阿鳳扯開衣服，露出一身的刺青，指著胸口上那條張牙舞爪的獨角龍，說道：「我冷甚麼？我把他刺到身上了還冷甚麼？你哪裡知道？總有一天，我讓他抓得粉身碎骨，才了了這場冤債！」我們那時只當他說瘋話，誰知日後果然應驗了。

——第二部《在我們的王國裡》p.190

第六場

■黑暗中，阿鳳幾張跳躍飛騰的巨幅照片如紅色火球般在舞台上閃現……消失……閃現……消失（音效）

■照片消失的紗幕上，變為黑白色調的樹影。

■龍鳳配樂漸漸淡入，整個新公園呈現黑白景緻。

■兩條紫色絲帶從天空降下，輕輕的飄盪著……

■天幕下原本靜靜蟄伏的阿鳳剪影，隨著樂音飛躍起舞……狂放張揚的舞著……舞著。

■龍子上，遠遠的看著阿鳳……慢慢的接近阿鳳。

■兩個人彼此試探著……追索著……然後彼此接近、碰觸、擁抱與輕撫……充滿愛意……

龍　子：阿鳳，阿鳳，你知道麼？自從我在公園裡第一次遇見你，我就知道，你跟我，我們兩個人的命運就緊緊的綑在一起了，那是生生世世、早早就注定了的，我無法掙脫，你也無法掙脫，阿鳳，我要用我整顆心來愛你、疼你、憐你、惜你，直到天荒地老，永生永世，上天對你的種種不平，讓你在世上受苦受難的遺憾，我要設法替你一一補償，阿鳳，你是我的——你永遠是我一個人的——

■樂音漸強，兩人快意追逐、奔跑，滿天的紫色櫻花瓣從天際飄落下來……

■快意奔放……兩人下，樂音轉換。

■燈光轉換，新公園變得寂寥幽暗，寒風呼嘯（音效），空氣中飄散著冬夜薄霧……阿鳳孤單的身影上。

■從寂寥、孤單、自棄，慢慢舞出狂野、掙扎、逃避、無奈……甚至絕望，最後他想離開龍子，他攀向彩帶飛騰起來，飄然而去，在空中翻飛……翻飛……

（樂音從昂揚漸至孤寂……）

■寂靜的新公園，失了魂魄的龍子上，面容憔悴蒼涼，他穿過樹林來到池畔。

龍　子：阿鳳——阿鳳——你在哪兒？——你在哪兒？——阿鳳，你跟我回去，阿鳳，我們回家去，我們那個小窩巢就是你的家了啊。阿鳳，你讓我來照顧你，讓我來照顧你一輩子——你說甚麼瘋話，阿鳳，你說這輩子不可能了，你說等到下輩子投胎到一個好人家再來報答我。你拿甚麼來報答我，阿鳳，我問你，我的心你拿走了，你能還給我麼？我的心已經碎成片了，你補得起來麼？你說你一身的毒，血裡帶來的毒，你愛哭，總是不停的哭，你說眼淚哭乾了也洗不清身上的毒。阿鳳，讓我來，讓我來用我的眼淚洗乾淨你的身體吧，阿鳳——

■紫色絲帶上的阿鳳，從快意飛舞而至失喪緩慢如垂死的鳳凰攀著彩帶，幾乎不動的在空中慢慢飄盪著……

■全場燈光緩緩暗下，樂音漸杳，黑暗中只聽到龍子聲音……

龍　子：你有看見阿鳳嗎？……阿鳳呢？……你看到他了嗎？……阿鳳，你看見他了嗎？……

■收光。

> 他臉上的輪廓該十分直挺的，可是他卻是那般枯瘦，好像全身的肌肉都乾枯了似的。只有他那雙深深下陷、異常奇特的眼睛，卻像原始森林中兩團熊熊焚燒的野火，在黑暗中碧熒熒的跳躍著，一逕在急切的追尋著甚麼。
>
> ——第二部《在我們的王國裡》P.27

第七場

■黑暗中，右舞台霓虹燈閃爍閃爍，小旅館上。

■燈光漸漸亮起，龍子的歌聲隨著揚起。

龍　子：白鷺鷥，車畚箕，車到溪仔墘，跋一倒，撿到兩仙錢。

■龍子和阿青赤裸上身，並排坐在旅館房中床沿上。

阿　青：你怎麼也會唱這首台灣童謠呢？

龍　子：是阿鳳教我的，我們兩人在松江路租了一間小木屋，松江路那時還是一片稻田，綠油油的稻田裡停滿了白鷺鷥，阿鳳喜歡在稻田裡奔跑，那些白鷺鷥都驚嚇得飛了起來，滿天裡好像一片片白紙在飄，阿鳳就大聲唱起來：白鷺鷥，車畚箕，車到溪仔墘

阿　青：（接著唱）跋一倒，撿到兩仙錢……

■龍子阿青同時大笑，龍子摟住阿青，撫弄了一下他的頭。

龍　子：我有十年沒回台北，那些稻田不見了，那些白鷺鷥也不知道飛到哪裡去了。阿青，你知道嗎？我在紐約，看過鴿子、海鷗、老鷹，甚至滿天一行行的大雁，但偏偏沒有白鷺鷥。紐約有一個中央公園，我常常去那裏餵鴿子，那裡有成千上百的鴿子，都不怕人的，會停到你肩膀上來呢！

阿　青：是啊?!

龍　子：我躲在公園裡，有時會躲一整天。

阿　青：紐約的中央公園像我們新公園麼？也有我們的同路人麼？

龍　子：中央公園要比新公園大幾十倍，裡面都是黑幽幽的森林，我從紐約上岸的第三天，就闖進中央公園裡了，我走過森林那邊，被一群人把我拉了進去。在黑暗中，他們像一群餓狼，在啃噬一隻獵物！一夜間，我覺得我只剩下一個骨架子，全身的肉都被啃光了——

阿　青：啊，難道你不害怕麼？

龍　子：（笑）我根本沒有感覺，我的神經都麻痺了，在紐約那幾年，我完全失去了知覺，有一次我用刀片割手臂，割得血淋淋——

阿　青：（驚叫）哇——

■龍子撫弄一下阿青的頭。

龍　子：（笑道）我不知道痛，我一點也不知道痛。我在紐約一直在等，天天在等，我等了十年——

阿　青：等甚麼呢，龍子？等這麼久？

龍　子：等我父親死。

阿　青：哦——

龍　子：十年前，我父親把我送到國外的時候，他對我說：我活著一天，你不許回來！他替我買到一本香港護照，就逼著我上船到美國去了。上星期三我父親過世了，隔了十年，我終於又回到了台北，又回到了新公園——（龍子遲疑片刻，突然轉身問阿青）阿青，那些蓮花呢？

阿　青：（感到突兀）蓮花？

■以下對話過程中，阿青起身穿衣，龍子亦坐至床沿。

龍　子：（笑）我是說新公園蓮花池裡那些蓮花，怎麼少了這麼多？

阿　青：市政府派人去拔光了。

龍　子：從前蓮花開得最盛的時候，我數過，一共有九十九朵，好像一盞盞紅燈籠，我就是在蓮花池邊遇見

阿鳳的，那個奇怪的孩子，坐在台階上，哭得那麼傷心，他說他一身的罪孽，要用眼淚洗才洗得乾淨。我摘了一朵紅蓮塞給他，他捧在胸前，好像一團火熊熊燒起。阿鳳全身都著了火似的——

阿　青：公園裡的人說，下雨天有人看到阿鳳的魂常常在蓮花池那兒走來走去。

龍　子：阿青，昨天晚上我在公園看見你坐在蓮花池的台階上，一個人在哭泣，剎那間，我以為阿鳳又回來了——（龍子說著情不自禁走到阿青身後用手環抱他，與阿青倚偎在一起。）

龍　子：阿青（溫柔的喚道），你為甚麼也哭得那樣傷心呢？

阿　青：我的弟弟死了，我的弟娃死了……

龍　子：你很愛你弟弟啊！

■阿青若有所思，〈踏雪尋梅〉口琴聲悠悠揚起。

阿　青：從小弟娃就跟我睡在一張床上。弟娃跟我總是摟在一起，我們才睡得著。後來他死了，我一個人睡，就開始失眠了……（阿青望著龍子）龍子，我也是被父親趕出家門的……

龍　子：（趕緊握住阿青的手）是麼？你也是啊！

阿　青：我犯了天條，被學校開除了，弟娃在醫院斷氣的那天，我傷心傷得糊塗了，一個人躲進學校的化學實驗室裡，狂哭狂號，實驗室的管理員是一個老兵，人很好，他抱住我，一直在安慰我，後來，後來，校警把我們當場抓住了……弟娃死了，我人也糊塗了，甚麼都無所謂，甚麼事都做得出來……

■龍子憐惜地撫摸阿青。

■阿青想轉移突來的感傷，俯身穿著鞋子……

龍　子：我知道，我知道……阿鳳死了，我整個人都瘋掉了……

阿　青：龍子，公園裡的人都說是你把阿鳳殺死的。

龍　子：（激動，聲音微微顫抖）我殺死的不是阿鳳。

阿　青：他們說，就在那蓮花池畔，你一把刀插進了阿鳳的胸口——

■龍子走向台前。

龍　子：我殺死的不是阿鳳，我殺死了我自己。阿鳳把我的心拿走了，我向他要回來，可是阿鳳那個野孩子，那隻野鳳凰，他要逃走，他要離開我，不行……不可以——他帶走我的心，我不允許他，我一刀下去，插中的是我自己那顆心——阿鳳死了，我的心也死了……我坐在蓮花池畔，看見滿天的星火，一顆一顆掉下來，掉得我一頭一臉，我坐在那兒，緊緊抱著阿鳳的身體——瘋掉了——

■主題音樂，悠悠的在遠處揚起。

龍　子：（輕輕的）阿鳳……

■龍子漸漸走進回憶中的幻境，場燈收黑，小旅館與阿青暗下。

■黑暗中，只聽到龍子的聲音。

龍　子：你看見阿鳳嗎？……阿鳳呢？……你看到他了嗎？……

■新公園燈漸亮，龍子走向新公園尋找阿鳳。

龍　子：……阿鳳呢？……你看見他了嗎？……阿鳳……

■失魂的龍子在空蕩的公園尋找著阿鳳。

■博物館台階上燈光亮起，阿鳳身影閃現，他睜睜的看向龍子。

■龍子上，與阿鳳拉扯，追逐，兩人跌至蓮花池裡糾纏著，全身濕透。

龍　子：阿鳳，你跟我回去，你別走，你不要離開我（哀求），你不要走（聲音來越急切），我不許你走（阿鳳掙脫）……你要走麼？你要離開我麼？……你把我的心拿走了，你還給我，你把我的心還給我，還給我，還給我，還給我——

■蓮花池裡的阿鳳全身早已濕透，他掙脫龍子，在池外痛苦、悲愴的舞動起來……

■龍子發狂撲向阿鳳，用刀插進阿鳳的胸膛，阿鳳癱倒在龍子懷中，一隻手還勾住龍子的頸子，慢慢鬆開，龍子突然意識到阿鳳死在自己手上，痛呼，狂呼。

■原本黑白景緻的新公園，樹林霎時染成一片血紅，剪影的博物館聳立，藍色月光灑滿蓮花池，樂音拔至最高。

龍　子：阿鳳——阿鳳——

■在龍子嚎哭聲中，場景血紅的意象慢慢轉換爲滿場蓮花意象。

■樂音昂揚，大幕下。

——中場休息——

我們四個人繞著蓮花池，一圈又一圈的走了下去，我雙手勾住小玉和吳敏的肩，細細的訴說起我所知道的公園裡那一則古老的故事來，直到深夜，直到那片昏朦的月亮消逝到烏雲堆裡，直到陡然間，黑暗裡一聲警笛破空而來……

——第二部《在我們的王國裡》P218

第八場

■公園恢復實景，〈我一見你就笑〉的Ah Go Go的音樂起……

■小玉領著眾人在狂舞，同時大聲叫囂。

小　玉：一二三四、二二三四、三二三四、四二三四，Ah Go Go、Ah Go Go、Ah Go Go、Ah Go Go

■老鼠踉踉蹌蹌夾住他的百寶箱跑上來，小玉瞥見……

小　玉：老鼠，你從哪裡鑽出來的？（看到老鼠鼻青臉腫）誰把你打成這個德性了？

老　鼠：是烏鴉啦。

小　玉：哎啊，是你那個流氓哥哥啊？

吳　敏：你的頭還在流血哩，烏鴉爲甚麼那麼狠心打你？

老　鼠：我踢了他兩腳。

小　玉：嘿，嘿，看不出你這隻小老鼠居然也敢造反了哩！我早就要你搬出來跟我們一起住了，你跟著烏鴉賴在寶斗里那個妓女窩，總有一天你那個流氓哥哥把你打成肉醬一團，我問你，你扛著你那個百寶箱出來幹嘛？

老　鼠：是桃花啦，烏鴉那個妓女姘頭，她撬開我的百寶箱，想偷我的東西呢！我上去就摔了她兩個巴掌，烏鴉狠狠揍了我一頓，要把我的百寶箱扔到窗外去，我就跟他拚了（老鼠舉起手臂慷慨激昂）誰敢搶我百寶箱，我跟他拚命！

小　玉：我來看看你的百寶箱有些啥寶貝……

■小玉打開百寶箱，和吳敏兩人翻掏一頓，吳敏掏出一枝金筆，一旁老鼠獻寶似的，滿樂的……

吳　敏：嘖，派克五十一，是高級貨嘛！

小　玉：（興奮的）我們拿去當掉，到「美而廉」去吃西餐去。

■老鼠一把將金筆奪走。

老　鼠：我才不要拿去當呢，這管筆我要留著做紀念的。

小　玉：（揶揄的）嘍，是甚麼恩客送給你的？

老　鼠：（很陶醉）是高雄來的那位柯先生，「聚寶盆」的總經理，柯先生天天帶我上館子，帶我去「紅寶石」吃廣東點心，完了還買了一盒「殺騎馬」給我帶回家，「殺騎馬」你們知道嗎？（一副得意的樣子）

小　玉：（撇嘴）土包子，「殺騎馬」也沒吃過！

老　鼠：（誇張的）我哪能跟你比呀！你王小玉是公園裡的紅人，又有甚麼日本華僑做乾爹，我從來沒上過館子吃廣東點心，「紅寶石」是我第一次。

小　玉：（尖酸責備）那個柯先生對你這麼好，你還要偷人家的東西？

老　鼠：（憨憨的）也不算偷啦，我拿來做紀念的，柯先生是有錢人，我想他也不在乎吧。

■吳敏從百寶箱掏出幾包錫紙包。

吳　敏：這些是啥玩意兒？

老　鼠：是咖啡精吧，美國貨哩。

小　玉：（拿了一包打開）咖啡精啊，我等一下拿去沖來喝，我來聞聞看香不香。（打開發覺是保險套，拎著老鼠耳朵，笑得尖叫，一邊將保險套套在大拇指上晃來晃去）你這個下流賊，連保險套也要偷！

■吳敏過來一把將它搶了過去，然後大家瘋傳爭看著……老鼠過來搶了回去。

老　鼠：你們別鬧，等一下我把這些保險套賣給那些嫖客，跟他們說（得意大聲的）：美國貨，一定保險！（得意大笑）

小　玉：你這下作的小老鼠……走、走、走，我們跳 Ah Go Go 去。

■小玉按下收音機，音樂大作……

■小玉、吳敏、老鼠一字排開，動作一致，同跳 Ah Go Go，其他舞者跟隨其後。老鼠跳得興高采烈，身上的痛楚似乎忘得一乾二淨，幾個人跳得起勁，乾脆脫掉了上衣。

■突然，警笛聲破空而來，眾人舞步整齊停住，望向觀眾（齊喊：警察！）然後四散……手電筒從四面八方射到眾人身上，幾個警察持警棍圍了上來，有人閃躲不及，被壓倒在地，有人一旁裝尿尿，老鼠緊緊抱著百寶箱四處逃竄。

警　察：站住！站住！這回你們一個也別想逃。

■小玉被警官逮個正著。

小　玉：怎樣啦！

警　官：我一見你就笑啦……

■一組、一組人被押著出場。

■新公園場景漸收黑，警察局景片下（燈亮），眾人魚貫走入警察局。

第九場

原來公園開始實行宵禁，我們都犯了逾時遊蕩的罪名。

有一個前科累累進過兩次感化院的三水街小么兒，在我身後嘆了一口氣，自言自語道：「這次眞要唱〈綠島小夜曲〉了。」——第二部《在我們的王國裡》P219

■孽子們魚貫進警察局內排長龍，等著被搜身，卻站沒站相，有人還邊穿著衣服……

■胖警官緊盯著老鼠從百寶箱掏東西出來，老鼠站在一旁。

警察甲：（喝斥）站好站好，還勾肩搭背！……站好！

胖警官：銅調羹，胡椒對瓶，飯店的東西你也偷！

■警察甲給小玉搜身時，小玉故露媚態，警察甲幾乎抗拒不了。

小　玉：摸慢點，輕點兒，嗯～～（嬌媚的）

警察甲：（愣住，似乎被觸動，吞吞吐吐）幹…幹…幹什麼……過…過去啦（恢復嚴厲）。下一個。

胖警官：（問老鼠）你什麼名字？

老　鼠：老鼠。

胖警察：我問你身分證上的名字。

老　鼠：（很不好意思，小聲的）賴阿土。

小　玉：（大聲重覆著）賴阿土？

眾　人：賴阿土？哈哈哈！

小　玉：還不知道老鼠有這個名字哩。

老　鼠：笑屁哦？幹！

■孽子們嬉鬧成一團，警察們面子掛不住。

胖警官：笑？還笑！無法無天，都進警察局了，還能找樂子！統統做伏地挺身三十個。

眾　人：啊。

■大家排一列，做起伏地挺身。

小　玉：跩什麼，了不起扣個逾時遊蕩的罪名嘛。

吳　敏：哎，說不定感化院去得成呢，不知道哪個好？桃園那個還是高雄那個？

小　玉：我寧願去高雄，桃園那個還要戴腳鐐。

■胖警官搜出保險套，問一旁警察甲。

胖警官：這是什麼？
警察甲：咖啡粉吧？
胖警官：（將它放進抽屜）咱留下來泡咖啡

■眾人一陣大笑

胖警官：（憤怒）笑啥？笑啥？……

■胖警官繼續審問老鼠

胖警官：你自己招吧，在公園有沒有風化行為？
老　鼠：（轉身，望眾人訕訕地笑）甚麼叫風化行為？
胖警官：我問你呀，賣錢麼？拉過客沒？多少錢一次？（欺身向前）二十塊麼？
老　鼠：（理直氣壯）才不止那點呢！
眾　人：呵呵！
胖警官：（對老鼠）還敢說？（轉向眾人）那你們笑什麼？你們都比他長得好，身價一定高些，（對吳敏）你，這樣子，是0號吧？

■胖警官只顧著翻資料，小玉在他身後扮鬼臉。

胖警官：（越想越氣）你們這群人，三更半夜在公園鬼混，淨幹此墮落無恥的勾當，父兄師長養育你們一場，知道了，難不難過？痛不痛心？叫你們父母怎麼做人呀？（對吳敏）你，快說，你爸住哪兒，我們要通知他。
吳　敏：（支支吾吾）這？他在，在台北——
胖警官：台北哪裡呀？
吳　敏：（頭更低了）台北監獄。
胖警官：啥？上樑不正下樑歪，（往回走）你們父子倒快要在監獄裡團圓了。
小　玉：（輕蔑的）呸！
胖警官：誰呸？

■胖警官正要和小玉對槓起來，楊教頭大搖大擺上；當楊教頭撒潑時，徒弟們的肢體語言也默契十足地配合。

小　玉：（挑釁地）少唱哥哥爸爸真偉大了，你最好真的知道你爸是誰啦，說不準和我一樣，是個野種。

■胖警官愣住，想半天……一旁學弟喚醒他：學長……學長……

胖警官：（一愣）啊？（惱羞成怒，威脅）還伶牙俐齒！不知羞恥，急著想去唱〈綠島小夜曲〉是嗎？
楊教頭：這般的也得關到火燒島去？
眾　人：（如見救星地驚喜）師傅來了！
楊教頭：這群猴囝仔屁股有幾枝毛，我摸得清清楚楚，他們沒這麼大出息，警官，關他們是在吃蝕米，會笑破人家的嘴！

警察甲：你是那個……和他們一夥的？

楊教頭：什麼一夥的？我是他們的師傅！別這樣生份嘛，我們明明就曾在公園這樣這樣(促狹的動作)捉迷藏哩。

胖警官：(打量楊教頭)師傅，帶頭的，(對警察們)這個到底是公的或母的呀？

楊教頭：(反嗆)少年郎，你嘴巴乾淨點，你回去問你媽，看他是公的還母的？我告訴你吧，在下便是公園裡鼎鼎大名的頭號「湯包」，楊金海，楊教頭便是。

胖警官：(聽不懂)湯包？(問學弟)啥咪湯包？

警察甲：泡在水裡的小籠包，學長。

楊教頭：笨蛋！Tomboy 啦(擺出一個帥勁的姿勢)

胖警官：啥？

■楊教頭氣結……不想解釋。

楊教頭：大人要展氣魄，不就辦那種大條的，像貪污的啦，賣毒的啦，殺人放火的啦，抓這種無靠山的少年家在衝業績，這樣警察會被百姓看破腳手……

警察們：怎麼樣？

楊教頭：柿子揀軟的在吃！

甲、乙：(啞口無言)你！

胖警官：你有完沒完，警察是人民的保母，有責任清除、掃蕩這些社會的垃圾，人類的渣滓。(往警察甲方向走去)

楊教頭：一定要教示到這麼難聽嗎？我哦，有理才敢大聲，有青才有本錢給人誘，他們不過就是青春的肉體，熱噗噗，睡不著覺嘛，這種經驗，你們哪一個沒？啊，啊，啊？哼，難道制服一穿，就不會叫春了哦？

胖警官：(指牆上宵禁的公告)宵禁！公告這麼大字，你識不識字呀？三更半夜他們成群的在公園唱歌跳舞，有的還做過妨礙風化的事呢。

楊教頭：你們眞不知抑是假不識呵，家家有本難唸的經，沒代沒誌囝仔會出來凍露水，賺這條錢？

胖警官：別囉嗦，要不然，我連你一塊辦。

■胖警官不甩楊教頭，作勢要依法行事。

楊教頭：哎，我已經有嘴說到無涎了。

眾　人：師傅，怎麼辦？

楊教頭：(暗地對眾人)安啦，這一聲「師傅」，可不是讓你們白叫的！(取出信件)警官，我也有準備一張紙要請你過目呢。

胖警官：(看信封)傅崇山，是那個傅—崇—山嗎？(拆信看內容)

楊教頭：沒錯，探聽一下，就是在大陸當到總司令官的傅崇山。你們現在的警備司令還是他從前的老部下呢。

胖警官：傅老爺子要當保人？

楊教頭：是呀。

胖警官：(私下和警察甲乙嘀咕)他怎麼搭上傅崇山傅老總的？

楊教頭：(得意地)免懷疑，我行老爺子他家是像在行灶腳哩，是他叫我拿他的信走這一趟的。

■警官猶豫著，楊教頭作勢回去稟報傅老爺……

胖警官：哎，(指楊教頭)算了算了，你們一個一個滾吧！

眾　人：（歡呼）耶！

楊教頭：（鬆了一口氣）哎。這樣感恩哦，徒兒們，咱們走哇！（踏著歌仔戲的台步領眾下台）

胖警官：給你們最後一次機會，記得，趕快回家去，好好把握青春，奮發向上……

■警局燈收黑，景下。

> 傅老爺子要我們幾個人開懷暢飲，不要受拘。小玉跟吳敏，我跟老鼠，隔著桌子便猜起拳來。
> 傅老爺子放下了箸，一手握著酒杯，默默地看著我們吆喝作樂。幾輪下來，小玉和吳敏爭得面紅耳赤。
> ——第三部《安樂鄉》P291

第十場

■傅老爺家內進燈亮，內進裡傅老爺子正在將白菊花，插到供桌上的瓷瓶內，古銅香爐有檀香裊裊。插好花，在相片前駐足凝視片刻。遠遠有軍號的聲音。

■左上舞台微暗的公園裡，楊教頭正檢視著孽子們的儀容。

■突然，傅老爺子聽見一聲槍聲，被震懾的傅老爺一下子無法呼吸……

■正走入的阿青欲去攙扶。

阿　青：老爺子！

傅老爺：我沒事，阿青！

■楊教頭領著孽子往傅老爺家走來。

阿　青：老爺子，師傅他們來了！

■兩人從內進走向外進的客廳，外進燈漸亮，楊教頭與眾孽子迎上……

眾　人：傅爺爺！
楊教頭：老爺子！
傅老爺：哎呀你們？楊金海，你怎麼不聲不響，把孩子們都帶來了？
楊教頭：老爺子，這是孩子的意思呀，他們一聽說今天是您七十大壽的日子，吵著要來謝恩、拜壽。
傅老爺：這一定是你出的主意，你知道我不興這一套的，多少年我沒過過生日了。
楊教頭：老爺子，咱們自己人，不擺場面，只是一片心意，孩子們準備了壽酒，和白白胖胖的壽桃——
小　玉：我來我來！（代表獻壽桃）傅爺爺，長命百歲，壽比南山！
傅老爺：好好好……
楊教頭：（對眾人）小亡命的，愣在那兒幹麼？還不上前給老爺子磕頭下跪！

■楊教頭與眾人正要下跪，傅老爺阻止……

傅老爺：免了……免了……
眾　人：謝謝傅爺爺！
楊教頭：（拉吳敏上前）像這個吧，該給老爺子下跪磕三個響頭，要沒您出那筆醫藥費，他小命撿得回來麼？

■吳敏下跪，傅老爺一把拉起。

傅老爺：你就是吳敏？
吳　敏：是的。
傅老爺：真是糊塗孩子，年紀輕輕，這種事也是能做的麼？（拉過吳敏的手，往手腕處看）傷口結疤了哦。
（脫下自己的錶，套到吳敏手上）
吳　敏：（驚呆了）老爺子！

■眾孽子艷羨發出驚呼，楊教頭幾個扇骨頭打在他們頭上……

傅老爺：你戴上這只錶，手上的疤就看不見了。
吳　敏：（低聲地）謝謝老爺子。（收回手，不停地撫弄錶）
傅老爺：這只亞美茄，本來是買給我兒子阿衛的，後來我自己拿來戴，只修過一次，準倒是很準的。
楊教頭：阿青，你去幫大家準備酒杯吧。
阿　青：可是醫生說，老爺子不能喝酒呢。
傅老爺：沒事兒，去拿，今天我陪大家盡興。
阿　青：嗯。（下）
傅老爺：楊金海，我聽阿青說，公園宵禁了是麼？
楊教頭：是呀，老窩封掉了，孩子們成了人人喊打的邋遢貓，這不才鬧進警察局去，驚動您老人家。
傅老爺：說到這個，我又要數落你了，我不知說過多少回，你領著孩子胡混下去，總不是辦法，應該替他們找份正經差事。
楊教頭：老爺子說得鄭重，我早就記在心裡了，這次把他們一起帶來，正是爲了要向您報備一樁正經事。
傅老爺：什麼事？
楊教頭：老爺子，您知道的，我老早就想開家酒吧了，這些沒落腳處的鳥兒，在我的酒吧裡當服務生，總強過在街頭流浪吧。
傅老爺：是了，這才是長久之計。
楊教頭：托您老的鴻福，在這節骨眼上，我酒吧的本錢足了，地方也尋妥了，就在這南京東路一百二十五巷裡……

■此時阿青上，把托盤上的小酒杯遞給大家。

傅老爺：那太好了！酒吧叫什麼來著？

楊教頭：正要向老爺子討個利市，請您賜給名字呢。

傅老爺：這麼？（眼睛半閉，沉思片刻）從前在南京，我住在大悲巷，巷口有家小酒店，我記得叫「安樂鄉」。（一疊聲叫）安樂鄉，安樂鄉，就這個名兒吧。

楊教頭：好名字，好彩頭！啊，酒杯來了。（接過阿青手上的酒瓶）來來來，老爺子酌一杯，我就借這壽酒，祝大恩人萬壽無疆！

傅老爺：欸，好，好。（舉杯，一飲而盡）

楊教頭：（替傅老爺子再斟上一杯酒）你們這群小亡命的，快過來敬老爺子一杯酒，你們要懂得感恩，這些年要不是老爺子護著你們，你們這群小亡命的，早就給送到火燒島去了。

眾　人：祝老爺子萬壽無疆……

傅老爺：楊金海，你別嘮叨了，孩子們這杯酒我生受就是了。（說完舉杯而盡）

楊教頭：老爺子海量！

傅老爺：（嘆了一口氣）從前在大陸還帶著兵的時候，我也能喝兩口的。我喜歡山西的汾酒，又香又烈，我一口氣可喝一大碗哩——現在不行了，好久沒喝酒，才喝兩杯就頭暈了。（站起來，身子有點搖晃，楊教頭趕緊過來攙扶，傅老爺子推開他）你們繼續鬧酒，我先進去休息一會兒。

■阿青攙扶傅老爺子往裡面走去，燈光跟著兩人的背影漸漸淡出，在漸漸暗淡下去的燈光中，可以聽到小玉、老鼠、吳敏等人在划拳鬧酒的聲音。

「阿衛自殺後，有很長一段時間，晚上我常做噩夢，而且總是夢到同一張面孔。他那雙瞪得老大的眼睛，一徑望著我，向我乞求什麼，卻無法傳達，臉上一副痛苦不堪的神情。那張極年輕的臉，我似乎在甚麼地方見過，可是總也想不起來他是誰。」

——第三部《安樂鄉》P.309

第十一場

■燈光漸漸亮起，傅老爺一個人坐在客廳，阿青泡了茶送上來。

■背景全黑，只有遠處剪影的博物館巨大石柱微微亮著。

阿　青：老爺子，公園裡的人都說老爺子是活菩薩，凡是我們有難，老爺子總是伸出手來救我們一把。

傅老爺：（深深嘆一口氣）阿青，你不知道，這背後還有一個故事，我從來沒告訴過人——

■傅老爺子沉入思索，開始回憶。

傅老爺：十年前一個冬天的晚上，除夕的前一天，我的心絞痛，發得厲害，我到台大醫院去看急診。那天晚上有寒流，下著細雨。我從醫院出來，穿過新公園，突然間——我聽見一陣哭聲，從蓮花池那邊傳過來——

■傅老爺子起立，似聽到哭聲追尋過去。

傅老爺：那哭聲異常淒涼，在寒風冷雨中，聽著分外刺耳。我禁不住繞過去，看見池頭亭子裡，石凳上孤零零的坐著一位少年，抖瑟瑟的在那裡哭泣。那個孩子真古怪，問他哭甚麼，他說：「我的心口脹得發疼，不哭不舒服。」那晚那樣冷，他身上只有一件單衣，說話的時候，牙關都冷得在打顫，他說他無家可歸，沒有去處，那時，我突然感到一陣不忍，便把他帶回了家中。

■傅老爺搖頭長嘆。

傅老爺：唉—那個孩子的長相真是奇特，我從來沒見過長得那樣薄命、又帶著那麼多凶煞的一副面相。他把他那離奇的身世統統告訴我聽了。阿青，你知道麼，那個孩子就是阿鳳，就是你們公園裡傳說的野鳳凰。

阿　青：是阿鳳啊！

傅老爺：就是他。（傅老爺子搖搖頭，也忍不住莞爾）阿鳳那孩子在我這裡吃了一頓年夜飯，他吃得興高采烈，把一隻紅燒蹄膀吃掉大半隻，吃得一嘴油嘰嘰的對我笑道：「傅爺爺，我們在孤兒院裡，從來不吃年夜飯的，我們只過聖誕節。」誰知道，那竟是阿鳳在人世的最後一餐。他吃完飯便往公園跑，他說那兒有個人一直要找他，他還笑著跟我說：「趁著大年夜，我要把我跟那個人之間的帳了一了。」

■傅老爺子長長喟嘆一聲。

傅老爺：第二天我看了報紙才知道，他跟王夔龍兩個人原來有那麼一段糾纏不清的孽緣。那個王夔龍啊，從小我就看他長大的——

阿　青：啊，老爺子您也認識龍子?!

傅老爺：他是我的老上司王尚德將軍的兒子。唉，說也奇怪，阿鳳雖然在我家裡只逗留過短短一夜，可是他那樣橫死，我心裡竟受到一陣猛烈無比的震撼，一股哀憐，油然而生。看到阿鳳那個苦命兒的悲慘下場，我發下宏願，要伸出手來援救你們這一群在公園裡載浮載沉的孩子們。當年我的獨生子傅衛不幸身亡，我感到萬念俱灰，整個人如同槁木寒冰，人世間的一切苦樂，我都漠然已對，無動於衷了。直到我見到阿鳳以後，我那顆枯乾寒冷的心，突然間如同死灰復燃，又開始有了生機。

■傅老爺子說完這段故事，已相當疲憊，坐回椅子上，阿青替傅老爺斟茶。

阿　青：老爺子，您先喝口茶。

■傅老爺子握住茶杯，若有所思。

阿　青：老爺子，當年阿衛……他出了什麼事啊？

傅老爺：阿青，阿青，你聽著，今晚讓我講一段一個父親的傷心痛史給你聽——我的獨生子傅衛，要是他活到今天，他應該有三十五歲了，傅衛長得相貌堂堂，一表人才，陸軍官校第一名畢業，是個極優秀的青年軍官。(軍號聲遠遠揚起)他的長官嘉獎他，他的部下士兵敬愛他，做爲父親，有子如此，我深深引以爲傲，我常常這樣安慰自己：二十多年來，栽培兒子這番心血，總算沒有白費。

傅老爺：(軍隊踏步聲由遠漸近)阿衛自小失去母親，我對這個聰明俊秀的獨生子，不免過份寵愛一些，那年我到青海去閱兵，帶了傅衛一起去，青海產馬，人家送給我一匹全身雪白的千里駒，傅衛自告奮勇，跳上馬背，便飛奔起來，他身上的披風揚起，像一面大旗，那年傅衛才十六歲……

■突然，巨大的踏步聲響徹舞台，左上舞台一大列軍隊踏著整齊的步伐走進舞台……士兵的步伐聲啪、啪、啪，停在舞台上。

傅老爺：阿衛……阿衛……(傅老爺子哀痛的叫著傅衛的名字)可是就在十一年前的今天，我五十九歲的生日，我的獨生子傅衛舉槍自殺了……

■一聲劃空而來的槍響，原本幽暗的新公園天幕霎時泛出白光……白光漸漸淡去，部隊下……

■傅老爺好像猛然受到一擊，踉蹌幾步。

傅老爺：那天早晨，傅衛從他中壢第一軍團打電話來，他在電話裡對我哀求：爹爹，我可以回家來看你一次麼？我用冷冰冰的口吻對他說道：你不必回來，你待在基地，聽候軍法審判。

傅老爺：傅衛在電話裡的聲音，顫抖沙啞，幾乎帶著哭音，完全不像我心目中那個雄姿英發的青年軍官，我的怒火陡然增加了三分，而且感到厭惡、鄙視，啪的一下，我把電話掛斷了，那一刻，任何人我都不想見，尤其不想見那個令我失望透頂的兒子。我萬萬沒有料到，我最心愛、最器重的兒子傅衛，一個青年有爲的標準軍官，居然會跟他的下屬做出那般可恥非人的禽獸行爲。一天夜裡，他的長官查勤，無意間在他寢室裡撞見他跟一個充員士兵躺在一起，全身赤裸……

傅老爺：我接到通知，當場氣得幾乎暈死過去，馬上寫了一封長信，用了最嚴厲的字語譴責他，那是一封對自己兒子恩斷義絕的催命符。(傅老爺子臉上突然極其冷靜)那天晚上，他排上的士兵，發現傅衛倒斃在自己的寢室裡，手上握著一柄手槍，槍彈穿過他的太陽穴，把他的臉炸開了花——

■哀傷的號角聲又隱隱揚起，傅老爺哀慟欲絕。

阿　青：老爺子，我扶您坐下……

■傅老爺子搖頭推開阿青，無力再言語，拖著蹣跚的腳步緩緩下場，燈光照著他的背影，漸漸收光。

■燈光亮處，阿青走到前台。

阿　青：昨天夜裡，我聽見老爺子在他房中，走過來，走過去，他的腳步是那麼沉重，一聲聲踩在地板上——篤、篤、篤，偶爾停下來，便是長長的一聲嘆息。走過來又走過去，一直到天亮，大概整晚都沒有睡覺，一大早，他便出去了，買了一大束白菊花回來，親手插到供桌上的花瓶裡，在古銅香爐裡點上了檀香，然後立在供桌前，對著傅衛那張照片默默的沉思起來，照片裡那個英挺的軍官，一雙炯炯有神的眼睛，透著無比的自負與驕傲，難道他的怨恨有那麼深，要選在他父親生辰的那一天，用手槍結束了自己年輕的生命麼——

■悲哀的號角聲再度悠悠揚起，跟著燈光漸漸杳去。

安樂鄉的冷氣漸漸不管用，因爲人體的熱量，隨著大家的奮亢、激動，以及酒精的燃燒，愈升愈高。在這繁華喧鬧的掩蔽下，在我們這個琥珀色的新窩巢中，我們交頭接耳，互相急切的傾吐，交換一些不足與外人道的祕辛——第三部《安樂鄉》P.247

第十二場

■暗夜路燈下，安樂鄉入口霓虹燈閃爍，傳來 Rock around the clock 音樂聲，兩名服務生正迎著前來的客人（一名上班族及兩名大學生）

■萬年青電影公司董事長楊桑隨後前來，楊教頭從地下室樓梯奔上逢迎

楊教頭：哎呀，我們的大明星駕到。楊桑，我們等候你一個晚上，生怕你這位董事長不肯賞光。

楊　桑：你楊金海安樂鄉開張，天上下冰雹我也要趕來的。晚上我在國賓十二樓還有一場應酬，吃到一半，我裝肚子痛就溜來了。

楊教頭：喔唷，這麼說來，我還算面子大嘍。來～來～來～請進、請進……小心樓梯……楊桑。

■楊教頭領著楊桑往地下室走去，這時安樂鄉 Pub 升上，樂音漸強，眾舞客正隨著 Rock around the clock 的音樂跳著舞，場面熱烈

■楊教頭領著楊桑進來……

楊教頭：喂，小玉，三星白蘭地，快，吳敏，雪茄菸，雪茄菸，快！快！快！

■原本跳舞的小玉捧著酒瓶酒杯走過來。

小　玉：哇！楊桑，今天晚上真「水」哩！

楊　桑：（呵呵大笑）你們聽聽，這個小蜜糖，甜言蜜語，吃老頭子豆腐呢。

小　玉：楊桑是營養豆腐，吃了延年益壽。

楊　桑：（大樂，捏了小玉的腮一把，掏出一百塊小費塞給小玉）楊金海，你有這個小可愛在這裡撐場面，你們這個酒吧還愁沒有生意？

楊教頭：咱們這裡的生意，還是要靠你這位大董事長、大明星常常來捧場才熱得起來呀。

楊　桑：我來、我來，我每晚都來。可是你這裡可要先給我準備好幾個標緻的少年郎，陪陪我這個老不修，讓老人家開心開心。

楊教頭：那還不容易。標緻少年郎，我們這裡有的是……（大聲呼叫）阿青、吳敏、老鼠，你們過來。

■阿青、吳敏、老鼠趕忙跑過來，楊教頭把阿青推到楊桑跟前。

阿　青：楊桑好！

楊教頭：這個怎麼樣？

■楊桑捏了阿青膀子一把。

楊　桑：唔，是塊料！

■楊教頭又把吳敏推上去。

吳　敏：楊桑。

楊教頭：這個呢？

楊　桑：（摸了一下吳敏的頭）這個也不差。

■楊教頭又把老鼠拉到前面。

楊教頭：這個嘛，替你擦擦鞋子吧！你們聽著，楊桑可是萬年青電影公司的董事長，你們一給他看中，就平步青雲，有當明星的份啦。楊桑，（指指阿青）你看我們阿青可以當男主角嗎？

楊　桑：哪天到我公司來試試鏡吧。

小　玉：那我呢？

楊教頭：你可以當女配角，哈哈哈……

小　玉：師傅好偏心啊！

楊教頭：你們這群小亡命的懂得甚麼呀！人家楊桑當年可是紅遍半邊天的台語片小生哪！小艷秋、莊雪芬、白蘭、白蓉都跟他配過戲的哩！

楊　桑：楊金海、楊金海，你又來了。咱們好漢不提當年勇——那是幾十年前的事情嘍（楊桑不勝唏噓）。

楊教頭：陽光，你們聽過嗎？那就是楊桑的藝名啊！他主演的《酒女夢》呀，美都麗戲院一個月都下不了片。那時候，五月花、東雲閣、黑美人，那些紅酒女，個個都搶著想包養陽光，陽光是唐僧肉，那群騷貨都流口水啦，恨不得都想咬一口。

楊　桑：（笑呵呵，又得意又有點不好意思）楊金海，你太誇張了！

楊教頭：甚麼誇張，那時我在五月花當領班，手下有一個叫珊瑚的小酒女，是我的小愛人啦，那個小賤人居然對我說，要是陽光肯跟她睡一覺，她寧願倒貼。氣得我上去便給了她兩個巴掌。當時我呷醋呷得昏了頭！陽光把天下的女人都搞得暈淘淘——那些傻屄，哪曉得她們崇拜的偶像甚麼都不愛，偏偏只愛吃童子雞！

■眾人大笑，楊桑笑得喘吁吁，直拿手上的雪茄直點楊教頭。

■史醫生上，小玉趕忙迎了過去，一手挽住史醫生的手臂。

小　玉：史醫生，你來得正好，我有病。

史醫生：小傢伙，你有甚麼病？你到我敦化南路的診所去，我給你做全身檢查。

■史醫生說著便在小玉身上從上摸到下。

小　玉：史醫生，我有心病（小玉指了一下心口）。

史醫生：那是我的專長，我專治人心。我來給你做個心電圖，查一查，你的心有沒有偏掉。

小　玉：我這個病查不出來的。我看見像你這樣漂亮的男人，心就噗通噗通亂跳，怎麼辦？你能治麼？

史醫生：呵呵，這是風流病，現在國外倒有一種電療法，給你看一張男人的裸照便電你一下，一直電到你看見男人就想吐爲止。

小　玉：（急忙雙手亂搖）算了，算了，我才不要這個哩，病沒治好，（挑逗、撒嬌的）心倒給電壞了！史醫生，我給你端酒去吧，你要喝甚麼酒？

史醫生：彩虹酒。

小　玉：好的，彩虹酒一杯。

■小玉對正在調酒的阿青大喊，一面走向吧檯。

■老周上，帶著一個穿著妖嬈的小孌童上來。他挽著小孌童，大搖大擺，有挑釁的意味，老鼠趕忙迎上。

老　鼠：老周……啊，周先生，歡迎、歡迎。

■正往吧檯走的小玉回身瞪著老周。

老　周：（站定，念著）蓮花池頭風雨驟，安樂鄉中日月長，哼！（瞪了一眼小玉，往座位走去）

■老鼠引老周入座，小玉看見老周摟著小孌童，氣得一揚首，昂然走向吧檯。只是小玉氣不過，又想往老周方向衝去，被快步上來的楊教頭拉住。楊教頭爲解除窘況，當眾宣佈。

楊教頭：各位舊雨新知，今天我們安樂鄉開張，爲了感謝各位捧場，我和我的愛徒小玉表演一場很Special的，請大家觀賞。

■眾人拍手，台灣流行探戈歌聲起，節奏分明。

■楊教頭帶領小玉跳探戈，花樣百出。當楊教頭將小玉摔出去，小玉幾個轉身跳到老周面前，突然一個踢腿，差點踢到老周面上，老周驚嚇，連忙仰後閃躲，眾人驚呼。小玉幾個轉身，又回到楊教頭懷抱，繼續探戈，跳了一下，小玉突然間幾個轉身，跳到老周的小孌童面前，又一個踢腿，差點踢到小孌童頭上，小孌童嚇得啊的叫了出來，眾人大笑拍掌，小玉又騷兮兮的一搖三擺回到楊教頭懷中繼續探戈。酒吧的氣氛已是達到了高潮。

■周圍燈光漸收，只剩下跳探戈的兩人。

■安樂鄉Pub漸漸下降，背景投影幕是老式俗麗的風景壁畫，收光，升起……

傅老爺子惋惜嘆道：「王夔龍，他父親王尚德對他期望很高。他卻偏偏闖下那滔天大禍，也害苦了他的父親——他又怎能怨他父親絕情啊！你們這些孩子，哪裡能夠體諒得到父親內心的沉痛呢？」

——第三部《安樂鄉》P.306

第十三場

■燈亮，傅老爺和龍子已在舞台中央對坐著，背景全黑，遠處，形成剪影的博物館只有石柱微微亮著。

龍　子：傅伯，我一回來就想來找您的。

傅老爺：我聽說你回來了，算著你也該來看我了。

龍　子：我一直都想回來的。

傅老爺：這些年，在外面，也夠你受的了。

龍　子：四年前我母親過世，我打電話給爹爹，說要回來奔喪，爹爹不准。

傅老爺：（舉手叫）夔龍！（過了片刻）你父親——他也很爲難。

龍　子：（慘笑）我知道，我們王家不幸，出了我這麼一個妖孽，把爹爹一世的英名都拖累壞了。

傅老爺：你要明白，你父親不比常人，王尚德將軍他對國家是有過功勳的，他的社會地位高，當然有許多顧忌，你也要爲他著想。

龍　子：傅伯，我在美國埋名隱姓，流浪十年，也就是爲了爹爹那一句話啊。我臨走的時候，爹爹對我說「你這一去，我在世一天，你不許回來。」那句話，說得很決絕。我是他一生奇恥大辱。在紐約，我們還有不少親戚，我從來也不去找他們，也不讓他們知道，就是爲了不要再給爹爹添麻煩。可是傅伯（有些激動），這次爹爹去世，他臨終都不讓我回來見一面，連葬禮也不讓我參加呢！我叔叔告訴我，是爹爹交代的，他的遺體下了葬才發電報給我——

■王夔龍說著激動的站了起來走向前台，傅老爺也跟著緩緩立起，向前走了兩步。

傅老爺：出殯那天，我去了的，是國葬的儀式，送葬的人在街上排長龍，靈車前有三軍儀隊開道，令尊的身後哀榮算是很風光了。那天有關係的人統統到齊，你們家親友又多，你在場，確實有許多不便的地方。

龍　子：（苦笑）當然，我叔叔也這麼說，生前我已經使爹爹丟盡了臉，難道他出殯那天大日子還要去使他難堪麼？

傅老爺：（嘆息）唉——

龍　子：我這次回來，一直沒有去替爹爹上墳，直到大七那一天，我才跟叔叔嬸嬸他們一齊上陽明山去。爹爹的墳還沒有包好，一堆黃土上面，蓋了一張黑油布，我站在那堆黃土面前，一滴眼淚也沒有。我看見叔叔滿面怒容，我知道，他一定暗暗在咒我：「這個畜生，來到父親墓前還不掉淚！」（龍子此時有點歇斯底里）

■傅老爺子伸出手去想要拍龍子的肩膀安慰他，可是龍子激動的閃開。

龍　子：（喊道）傅伯，傅伯，他哪裡知道我那一刻心裡在想甚麼？那一刻，我恨不得撲上前去，揭開那張黑油布，扒開那堆土，跳到坑裡去，抱住爹爹的遺體，痛哭三天三夜，哭出血來，看看洗不洗得淨爹爹心中那一股怨毒——他是恨透了我了！連他的遺容也不願我見最後一面呢。我等了十年，就在等他那一道赦令。他那一句話，就好像一道符咒，一直烙在我身上，我背著他那一道放逐令，像一個流放的犯人，在紐約那些不見天日的摩天大樓下面到處流竄。十年，我逃了十年（似乎是對著自己爹爹說的，充滿恨意），他那道符咒在我背上，天天在焚燒，只有他，只有他才能解除。可是他一句話也沒有留下，就入了土了。（回到對傅老爺）他這是咒我呢，咒我永世不得超生……

傅老爺：（激動）夔龍，你這樣說你父親，太不公平了！

龍　子：不是麼？不是麼？傅伯，我這次來，就是想問您，爹爹去世前，您一定見過他的了？

傅老爺：他病重時，我到榮民總醫院去看過他一兩次。

龍　子：（內心急切）他跟您說過甚麼嗎？

傅老爺：我們談了一些老話，他精神不好，我也沒有多留。

龍　子：我知道，他不會提到我的了，他對我是完全絕了情了。（龍子歇斯底里）

傅老爺：（激動，有點動怒）夔龍，你只顧怨你父親絕情，你可曾想過，你父親為你受過多少罪？

龍　子：（極為痛苦）我怎麼沒想過呢？我就希望爹爹能夠給我一個機會，讓我設法彌補一些他為我所受的痛苦。

傅老爺：（聲音顫抖）你們說得好容易！父親的痛苦，你們以為能夠彌補得起來麼？不錯，夔龍，你父親從來沒跟我提過你，你父親的位置升高了，而且這些年，我也比較少跟他來往。可是我知道，他受的苦，絕不會在你之下。這些年你在外面，我相信一定受盡了折磨，但是，你以為你的苦難只是你一個人的麼？你父親也在這裡與你分擔的呢！你痛，你父親更痛……。

■傅老爺表情驟然痛苦萬分，然後再慢慢吐出……

傅老爺：你出事半年後，我去探望他，才過半年，他一頭的頭髮好像猛然蒙了一層霜，全白了——

龍　子：（激動的上前緊執著傅老爺的手，一臉哀痛）可是——傅伯——為什麼他連最後一面都不要見我呢？

傅老爺：（滿面憐憫，摟抱龍子）他不忍見你——他閉上了眼睛也不忍見你！

■燈漸漸暗下，遠處哀傷的軍號聲又悠悠揚起。樂音一陣子後，遠處博物館亦漸漸收光。

酒吧檯周圍，浮動著一雙雙帶笑的眼睛，緊緊跟隨著我和小王，巡過來巡過去。那些眼睛，從四面八方射過來，我們無法躲避，亦無法逃逸。突然間，我覺得那些眼睛，就像一窩被激怒的黃蜂一般，一隻隻緊盯在我的頭上臉上，死死咬住不放。

——第三部《安樂鄉》P339

第十四場

■安樂鄉慢慢升起，酒吧早已坐滿了人，楊桑、史醫生、老周也到了，還有年輕客人。吧裡一片愁雲慘霧，異常安靜。

■楊教頭站到吧台前，向大家告別演講，國台語雜著說。

楊教頭：各位舊雨新知，各位年輕朋友，還有我最心愛的徒兒們，今天是咱們安樂鄉最最悲哀的一個日子，今天是安樂鄉的最後一夜。從明天起，咱們安樂鄉就要關門大吉了。這兩個多月來，全靠各位捧場，咱們安樂鄉天天客滿，生意興隆，我楊金海心中只有感謝、感謝、感謝。我特別要感謝我們的楊董事長楊桑（朝著楊桑深深一鞠躬），心臟科權威史大醫生（又是一鞠躬），還有老周，周胖子（照樣一鞠躬），當然也要感謝年輕朋友們，感謝你們把咱們安樂鄉當做自己的家，天天晚上來報到。咱們這個小窩巢別的東西沒有，有的是人情溫暖，讓你們這些鳥兒、雀兒飛倦了，躲到咱們這個個窩巢裡來，避避外面的大風大雨。可是世上就有那麼黑心腸的人，要破壞咱們這個小窩巢……。

■楊教頭掏出一份小報，氣極敗壞的唸著。

楊教頭：你們聽聽，這個爛記者說的是甚麼鬼話：「上星期六晚，筆者誤打誤撞，竟闖進了本市一家男色大本營！話說本市南京東路二二五巷，一家日本料理的下面，掩藏著一個叫『安樂鄉』的祕密酒吧，一個別有洞天的『妖窟』，請別緊張，這兒沒有三頭六臂的吃人妖怪，有的倒是一群玉面朱唇巧笑倩兮的『人妖』——」

■楊教頭舉起報紙亂揮幾下。

楊教頭：伊娘咧，說我們是「人妖」吶！

■群眾反應。

■楊教頭繼續唸。

楊教頭：「據說來這裡分桃吃禁果的人，上自富商巨賈」——這倒有的，我們這兒有楊董事長楊桑（楊桑：

連我也被寫上去了喔……），「醫生律師」——這也有的，我們有心臟科權威史醫生（斯文的史醫生竟突然勃然大怒，搶前要撕毀楊教頭手上的報紙，楊教頭要他別激動……史醫生才冷靜下來），「店員夥計，士兵學生」——多啦，多啦，我們這兒全有，「九流三教，同病相憐……」——伊娘咧，可惡啊，說咱們安樂鄉是個「妖窟」哩！好吧，就算咱們這裡是「盤絲洞」，我就是個千年蜘蛛精，怎麼樣？（做出歌仔戲一個身段）！我們這裡有的是妖精，喏，（指著小玉）這是我們這兒的狐狸精！

小　玉：我是九尾狐狸！

■站出來扭起身子，跳得像隻狐狸。

楊教頭：（指著老鼠）這個是耗子精。

老　鼠：我是錦毛鼠白玉堂！五鼠鬧東京！

■扭著身子跳得像隻老鼠。

小　玉：我們現在表演一首「人妖歌」給各位觀賞！

■小玉和老鼠把吳敏、阿青拉到台中間，四人一字排開，向觀眾一鞠躬，勾肩搭背，一齊踢腿，開始用〈兩隻老虎〉的調子唱「人妖歌」。

小玉領唱／合唱：四個人妖，四個人妖，一般高，一般高

小　玉（唱）：一個沒有卵椒

老　鼠（唱）：一個沒有卵泡

合　唱：眞奇妙、眞奇妙……

眾　人（拍手附和齊唱）：眞奇妙、眞奇妙……

■眾人起鬨鼓掌，吹口哨。

楊教頭：安靜！安靜！徒兒們，你們別再鬧了，咱們的苦日子就要來啦。警察局最後通知，安樂鄉明天不關門停業，就要剪斷我們的電源，要把我們陷進黑暗世界裡去哩。徒兒們，師傅好不容易替你們找到一個安身立命的地方，可是天有不測風雲，一夜間，外面的惡勢力就把咱們這個溫柔鄉全部打垮了！師傅盡了所有的力量，也無法挽救咱們安樂鄉關門的命運，師傅眞傷心啊！（楊教頭傷感，哽咽起來，主題歌聲起），師傅顧不到你們了，你們這群苦命鳥，從此各飛東西吧。

■眾徒弟安慰楊教頭，楊教頭又向眾人宣告

■主題音樂愈來愈大聲

楊教頭：好啦，好啦，天下沒有不散的筵席，讓我們大家一起來盡情跳這最後一支舞吧，Last Dance! Last Dance!

■大家成雙成對，開始摟抱跳最後一曲，似乎都依依不捨，無限留戀。

■主題歌唱出了孽子們的心聲，他們的悲與歡，他們的激情與痛苦，他們的寂寞與哀愁。

■在歌聲中，安樂鄉眾人漸漸變爲剪影並緩緩下降，背後新公園微微亮起，阿青獨自悄然離開安樂鄉，一個人踽踽凜凜往公園孤獨的走去，歌聲漸杳。

王夔龍那一聲聲撼天震地的悲嘯，隨著夕輝的血浪，沸沸滾滾往山腳沖流下去，
在那千塋百塚的山谷裡，此起彼落的激蕩著。於是我們六個人，由師傅領頭，在那浴血般的夕陽影裡，
也一齊白紛紛的跪拜了下去。
——第三部《安樂鄉》P367

第十五場

■踽踽獨行的阿青換上了喪服，然後他朝向了觀眾……

阿　青：那天晚上，就在龍子來看過傅老爺子的那天晚上，半夜裡，老爺子的心臟病突然又發作了，這次病勢來的特別兇猛，一陣又一陣的心絞痛，痛得老爺子昏迷了過去——，老爺子在榮民總醫院住了一個星期，第七天的清晨七點二十分，傅老爺子終於往生——歸天了。老爺子在醫院臥病期間，他對師傅吩咐了後事，身後希望下葬碧潭公墓，他的獨生子傅衛也葬在那裡——

■原本暗夜的公園景緻，樹林漸漸轉爲青藍的單一色調。

■安魂曲似的輓歌響起，右舞台一大列送葬隊伍緩步上場，手捧蓮花燈。左舞台楊教頭領著小玉、吳敏、老鼠出場，將老爺子香斗交給阿青，小玉捧著老爺子牌位，吳敏一旁撐著黑傘，眾人隨著楊教頭繞著蓮花池走一圈，然後一一將蓮花燈放入水池中。然後大家排成隊形，同向傅老爺子在天之靈默哀致敬。

■龍子手捧一大束白菊，匆匆上場，靜立片刻，突然，龍子噗通一下，跪倒在地上，嚎啕大慟，痛哭起來。

龍　子：傅伯——傅伯——傅伯——

■龍子嚎哭愈來愈高揚，似乎「孽子」所有的委屈、哀痛、懺悔，都隨著龍子的哀哭，上達天聽，楊教頭領著眾人紛紛跪下。樂音拔高，原本樹林布幕轉換爲蓮花意象。

■紗幕

我一踏進去，靠窗的長凳上，忽然一個人影坐了起來，啊的驚叫一聲。原來是一個十四、五歲的孩子，嚇得全身發抖，縮在一角打顫。我發現他躺臥的地方，正是我第一次進到公園來，躲在池中亭閣內，睡臥的的那張長凳。

——第四部《那些青春鳥的行旅》P.389

第十六場　尾聲

■公園燈光亮起，除夕夜，遠處隱隱可聽到此起彼落的炮竹聲，寒冬，片片的枯葉從天際零落飄下……

■郭老立在博物館台階上，看著公園裡的另一批新的孽子，他移動著腳步……

郭　老：(嘆息)唉，我早就說過啦，你們以為外面的世界很大麼?你們這些鳥兒啊，都想飛到外面去闖天下，去另起窩巢，什麼六福堂啊、一番館啊，名堂多啦，哦，那都是好多年前的事了，從前那個桃太郎呀，那個中日混血兒，晚晚都到一番館去，去唱日本歌，他學森進一 Mori Shinichi 學得真像，後來他為了紅玫瑰十三號，跳淡水河自殺，有人到一番館去，還聽到桃太郎在唱哀哀怨怨的日本歌呢——

後來，後來，他們又開了一家酒吧，叫甚麼來著，哦，對了，叫甚麼柴可夫斯基，柴可夫斯基，嘿、嘿，去的都是些蹦蹦跳跳的青春鳥兒，後來也都關掉了，通通關掉了。(搖頭，嘆氣)唉，所以我說嘛，你們真的以為外面的世界有那麼大，容得下你們這些東闖西闖的鳥兒麼?有一天，總有那麼一天，你們一個個又會乖乖的飛回到我們這個王國裡來——

■楊教頭大搖大擺上場，眾人停步，楊教頭點名式的呼喚新的一批徒弟。

楊教頭：小萬！

小　萬：有！

楊教頭：小趙！

小　趙：有！

楊教頭：金旺喜！

金旺喜：有！

楊教頭：賴文雄！

賴文雄：有！

楊教頭：你們聽好啦，今天是大年夜，萬年青電影公司的董事長楊桑要開除夕夜 Party，我帶你們去參加，人家是個有頭有臉的人物，你們要給我守規矩，千萬別丟師傅的臉！聽到沒有?!

眾　人：聽到啦，師傅！

楊教頭：徒兒們！

眾　人：有！

楊教頭：咱們走哇！

■楊教頭領著眾人，踏著歌仔戲的台步，眾人跟在身後，踏著一樣的步子，如同將軍領著一隊小兵，雄赳赳在一陣炮竹聲中，走出公園。

原本靜靜看著的郭老亦下。

■公園中人跡已杳，一片空寂，只有遠處疏疏落落的炮竹聲。阿青上，四處觀望了一下，他已經有好一陣子沒到公園來了。大年夜一個人孤獨的回到黑暗王國來，有無限的感慨及滄桑。

阿　青：安樂鄉關門以後，我們就像師父所說的，各飛東西了。小玉搭上一個跑日本船的船長，跳船到東京去了。他來信說，他在東京新宿的Gay Bar照樣很吃香哩。每天晚上都有日本奧吉桑買酒給他喝，他說他一直在尋找他那個資生堂的華僑老爸，找到他，他會狠狠咬那個巴格野鹿一口，問他爲甚麼無端端搞出他這個野種來，害他受苦……那個小狐狸精（阿青搖頭笑）。老鼠被關到桃園少年感化院去了，他在國賓飯店偷一個日本客人的東西，給逮個正著。上星期我去桃園探望他，老鼠悄悄跟我說，那個感化院簡直是個強盜窩，那些不良少年偷起東西來比他狠多了，他要我把他那枝派克五十一金筆帶走，感化院太不安全。老鼠在學烤麵包，出來後他要做麵包師哩。吳敏，唉，那個痴情花，又回到張先生那裡去了，張先生中風，半身不遂，沒人服侍，吳敏可憐他，天天替他按摩擦背，寧願當他的小奴隸。而我自己呢，我現在在中山北路的圓桌酒店上班，做調酒師。圓桌是個高級酒吧，很有情調哩，專門給上班族幽會的地方，他們愛聽古典音樂，酒吧天天都放那首〈藍色多瑙河〉。

今天是大年夜，傍晚的時候，我又悄悄的回到了我們龍江街二十八巷，經過秦參謀及蕭隊長家，我瞥見秦媽媽、蕭媽媽她們正在廚房裡忙著準備年菜，一陣熟悉的菜香，從裡面飄了出來。我走到巷子底，站在我們那間破敗的家門口，遲疑了半天，怎麼樣也鼓不起勇氣敲開那扇油漆剝落的大門，那道已經舊得起了裂縫的木門，好像一道重重的鐵閘，把我跟父親兩人永遠分隔開來，那一刻，我醒悟到，我再也回不去我們那個早已破碎得七零八落的家了。

我把剛買來的一本《三國演義》擱在大門口，轉身便往巷子口跑去，愈跑愈快，愈跑愈快，就好像那天父親在後面拿著槍追我一樣，跑出巷口回頭望去，那一刻，我才真正感受到離家的淒涼……

■炮竹聲此起彼落，天空閃著一兩下炮竹爆開的光芒，然後便是一片安靜，突然從博物館台階那邊悠悠傳來口琴聲，是弟娃喜歡吹奏的那首〈踏雪尋梅〉。

■背著書包的羅平踏著孤寂的腳步，一面吹著口琴，步上博物館台階……

阿　青：（聞聲尋找）弟娃……弟娃……

■阿青迎向羅平，原本坐在台階上的羅平驚起。

阿　青：小弟，別怕，別害怕……

■阿青安撫少年。

阿　青：你叫甚麼名字？

羅　平：（怯生生）羅平。

阿　青：羅平？羅平，大年夜你一個人怎麼跑到公園裡來了？

■羅平不出聲。

阿　青：你家在哪裡？

羅　平：鶯歌……

阿　青：鶯歌哦，今夜有寒流，這個地方睡不得的，要凍壞了。

■羅平身著單衣，凍得發抖，阿青把圍巾卸下來，圍在羅平脖子上。

阿　青：你有地方去麼？

■羅平搖頭。

阿　青：那麼我帶你到我那裡吧，我住在大龍峒。

■阿青領著羅平下台階。

阿　青：這麼冷，我們一齊跑步吧。

■羅平將圍巾打一個結。

阿青、羅平：一二、一二、一二、一二

■男童音合唱的〈踏雪尋梅〉歌聲揚起，迴盪全場：雪霽天晴朗，臘梅處處香，騎驢把橋過，鈴兒響叮擋……

■兩人併肩一同跑向遠方，炮竹聲此起彼落，天空閃著炮竹的亮光，場燈漸收黑，長條型布幕降下。

■布幕上顯出白老師題字「寫給那一群，在最深最深的黑夜裡，獨自徬徨街頭，無所依歸的孩子們。」

■題字轉爲同志遊行影片放映，舞台上泛出一片彩虹旗光譜，並緩緩漫向觀眾。……謝幕。

——全劇終——

攝影、文 許培鴻

片段

當《孽子》的演出企劃一啓動
我知道，這不是一齣只爲了娛樂大眾的舞台劇
每一次的會議與排練
看似平凡而片段
然而，當這些畫面串連起來後
將成爲彌足珍貴的故事
我期待這一切所發生的
悲、歡、離、合

這部同志文學經典《孽子》以細膩的文字刻畫人類心靈中最沉重的禁忌，對表演者而言最挑戰的不是演技，而是劇中人物內心情與欲的表現。拍攝過程中，我最大的收穫是更進一步去瞭解這世上另一種情感世界。這個體認並非僅僅片面的同性世界，而是回顧自己同樣生長於一個父權時代的家庭，父親的一句話猶如軍令，直到自己進入叛逆期，開始出現頂撞、對抗、離家的忤逆行爲，我也成了道地的孽子。 道無痕的距離，阻隔了我與父親之間的愛，直到父親過世了，所有原本堆在心裡的愛再也無法傳遞。

雖然《孽子》是白先勇老師年輕時的作品，但這股探討多元議題面向的洪流從未停止過。如今，《孽子》作品搬上兩廳院國家戲劇院，曹瑞原導演對劇中角色的生命詮釋是那麼深沉，舞蹈之美融入演員的語言表達、音樂旋律撞擊出生命的高潮、舞台燈光的藝術點綴出時代意涵，就如同辛意雲教授說過：「一個藝術品，它本身的好，不僅在於它有完美的形式，美好的故事，還要有藝術家將思想和美感一起融入，而後透過藝術的形式呈現，這藝術品就成爲天地間最奇妙的一種人文創作。」在我心中，這個藝術品便是文學家白先勇的《孽子》。

1992

BLIZZARD
NET

MINGYAO

松順

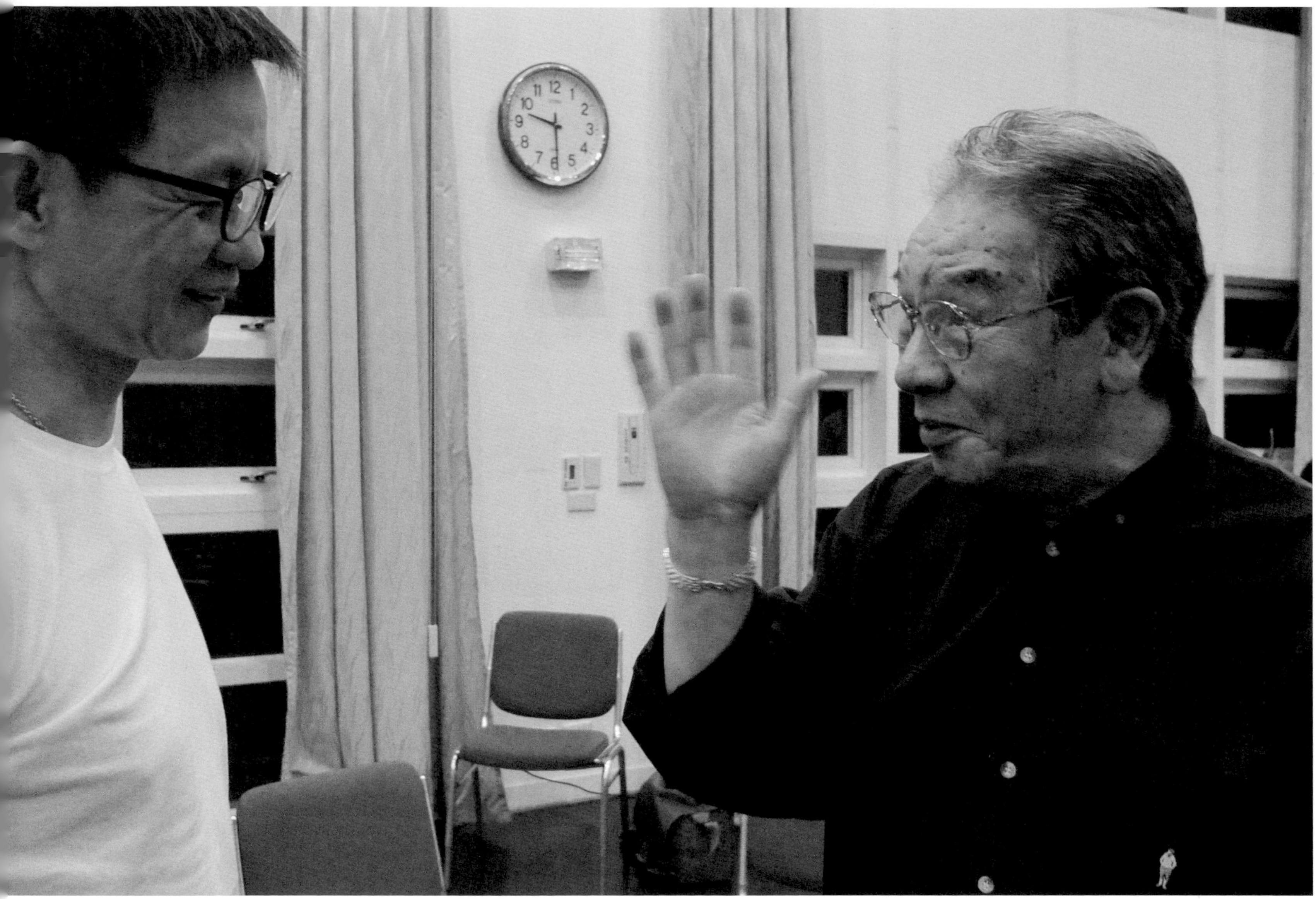

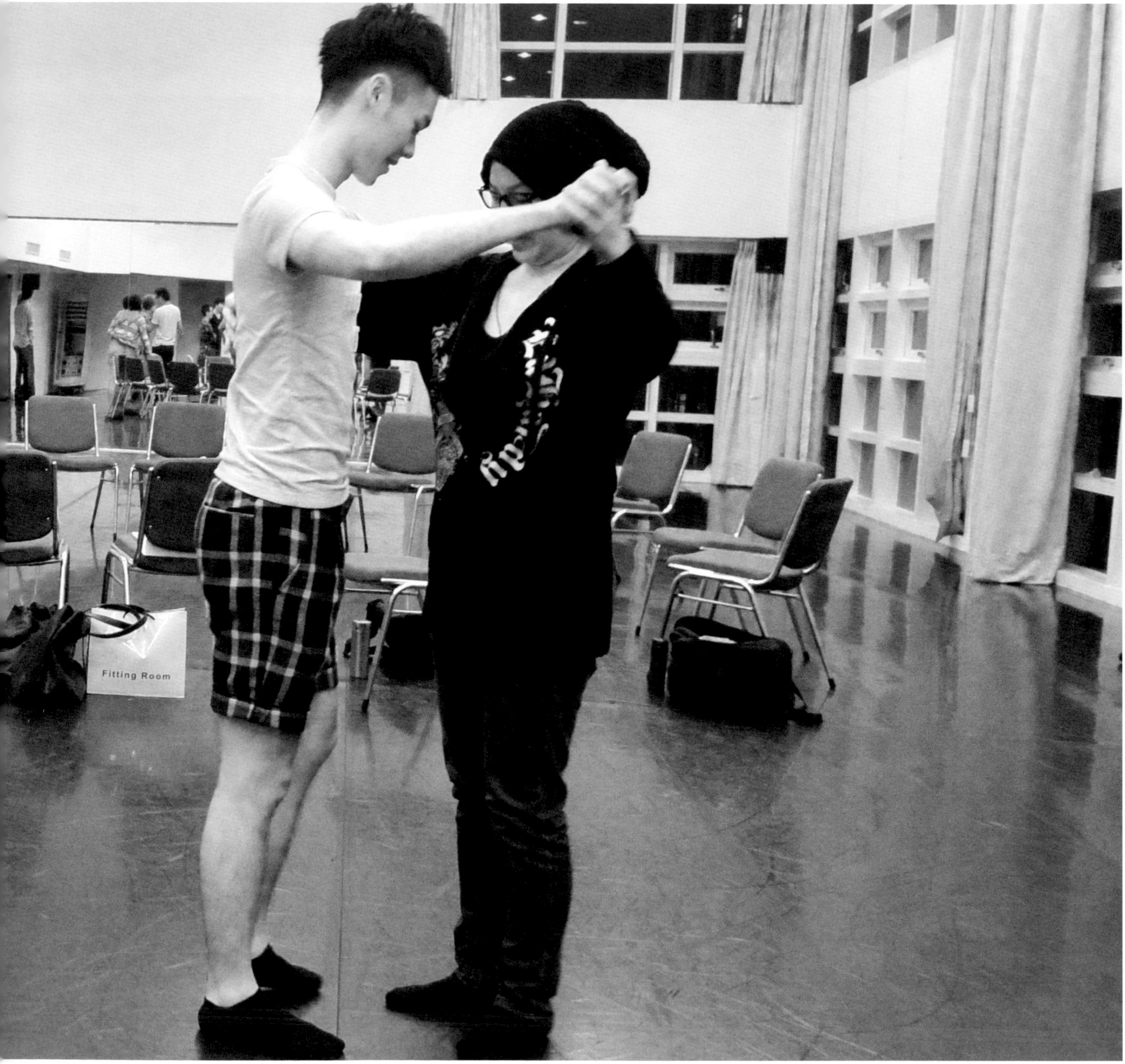
Fitting Room

學子

貳零壹肆 兩廳院年度製作 世界首演
2/7~2/16 國家戲劇院

Freedom

孽子

排練側記　李岳

青春鳥們的足跡是對現今世界的一道祝福

他那一頭花白的頭髮，根根倒豎，一雙血絲滿佈的眼精，在射著怒火。他的聲音，悲憤，顫抖，嗄啞的喊道：畜生！畜生！——《孽子》

放逐

「這個『嗄』字怎麼唸？」莫子儀（飾李青）拿著劇本抬頭問向副導，這是第一次的排演，爲了十月中旬TIFA記者會上的一場表演，這也是整齣孽子的開幕，李青的獨白，講述父親的挫敗與不諒解，李青口中再現這些父親的怨懟，一句一句都像是刻在李青身上解不開的詛咒。

這是一個講述一群在一九八〇年代，被家庭、社會所遺棄的青春成長故事，也是一則生命被放逐之後，如何尋找安身之處的故事。這些沉重的詛咒全降在這群青春花美的男子身上。

排演的前一天，是金鐘獎的頒獎典禮，這次入圍而沒得獎的莫子儀被眾人調侃，吳中天（飾龍子）：「他大概沒得獎躲起來哭了吧？」另一位遲到的張逸軍（飾阿鳳），一進門就忙著道歉，他是太陽劇團的舞者，身材不高，卻有極具張力的肢體，他的背包裡裝滿藥袋，這幾天背部不知名的疼痛，使他頻繁入院檢查。他這次的戲份，沒有任何台詞，只有激昂的舞蹈，最後還以綢吊飛上舞台，用另一種方式詮釋傳奇的「鳳」。

台上台下，演員的生命與小說裡的角色，一樣青春花樣年華，各自經歷不同的挫敗與痛苦，在真實與虛幻之間擺盪。人們只看到青春的美好，卻忽略青春痛苦的一面，他們尋找一個面對世界的方式。

吳中天激昂念著其中一段台詞，是他勸阿鳳回家：「阿鳳，你讓我來照顧你，讓我照顧你一輩子——你說什麼瘋話，阿鳳，你說這輩子不可能了，你說等到下輩子投胎到一個好人家再來去報答我……」空闊的排練室，飄盪龍子的獨白，沒有道具，沒有布幕，卻像一則青春的隱喻。他說的是阿鳳，也是自己，他要帶阿鳳回家，也是要帶自己回家，他們不只是尋找一條回家的路，也是在尋找自己面對世界的方式。

孤臣孽子，永恒的放逐，永遠在尋找回家的路，彷彿只要將肉身面對著家的方向，不管家有多遠，路多長，我們終究是在路上了。

不語的阿鳳，狂野的肢體，從舞台左方進入，與龍子眼神交錯，龍子伸出雙手，卻握不住阿鳳。他們彼此成了彼此的詛咒，成了永不復歸的幽魂，回不了家，在黑暗王國裡成爲人們口耳相傳的一則傳奇。

在我們的王國裡

舞台設計師將舞台配置投影到牆上，樊光耀（飾郭老）問：「這佈景多高啊？」設計師答：「大約二層樓高，你得站上去。」樊光耀以郭老嘖了一聲：「你做的舞台每次都這麼高，考驗誰呀？」導演曹瑞原盯著佈景，低頭不語，比起二層樓高的景片，他更擔心的是方才的讀劇，從頭到尾讀完已兩小時多，若加上情緒、表演，全本演完恐怕得花上三個小時，這對觀眾和演員無疑都是考驗。

「這對白是不是要減一些？」「這場戲要不要刪掉？」……台下的演員私下討論了起來。即便有些不確定，這場讀劇卻仍充滿笑聲。唐美雲（飾楊教頭）這次是演一名女同志，設定與原著小說不同，然而，當她一張口念對白，任何的字句都顯得戲味十足，加上帶著歌仔戲腔調的語氣，總是引爆笑點。

這個以新角度詮釋的角色讓這則經過數次翻拍的故事，有著別於以往的新意，她是這個黑暗王國裡的靈魂人物。小說裡是這樣描寫這個黑暗王國的空間：「我們王國的疆域，其實狹小得可憐，長不過兩三百公尺，寬不過百把公尺，僅限於台北市館前路新公園裡那個長方形蓮花池周圍一小撮的土地。我們國土的邊緣，都栽著一些重重疊疊，糾纏不清的熱帶樹叢：綠珊瑚、麵包樹……」

這些描述到了舞台都成了李青主觀式的獨白了，這麼具體而細緻的描述，到了舞台成了一個若即若離的景色。所有的演員在排練時，總是不斷的問：「蓮花池在哪？」、「我要避開這個池子嗎？」、「我要走在蓮花池的上面？還是下面？」排練室的地板反覆用膠帶貼出池子的位置。

導演凝神閉眼：「不對，這個池子往旁邊移。」做為整齣戲最重要的象徵之一的蓮花池，也隨著排演的過程，不斷挪移位置。《孽子》從文字到電視劇，再到劇場版，文本在不同媒介間轉換，劇場必需將二十多萬字篇幅的情緒，集中在十幾場的舞台上，這種考驗不只是如何精選濃縮劇情，又要能精準傳達原著精神，同時也考驗舞台配置。

小說的發生地點在真實生活裡，是所有讀者與觀眾所熟知的地點，因此在舞台上要如何「具象」到能讓觀眾一眼認出，又必需隨時保持一個「抽象」的距離，能與演員、觀眾保持不互相干擾的狀態。於是，每一場戲的蓮花池都隨著劇情需要，時而在舞台中央，時而又遠離舞台。

電視、電影出身的導演，似乎也對舞台感到惶恐，不時調換演員的走位，這是不同於鏡頭的調度，所有的一切都攤在觀眾眼皮之下，一絲絲的遲疑，一點點的情緒不到位，在舞台上都會被放大而顯得清晰可見。這是一個龐大的故事結構，每個角色都有多面向的情感，而那些幽微複雜的情感卻容易被空廣的舞台稀釋掉。演員不時向副導和導演提問：「我走到這裡，要什麼情緒？」即便燈光漸暗，演員仍努力將情緒穿透微光，送抵觀眾席。

父子

陸一龍（飾李青的父親）拿著酒瓶搖搖晃晃走到椅子前，有那麼幾個片刻，坐在席間的我們以爲，陸一龍真的喝醉了。他沒醉，下一個片刻，他用極清醒的語氣問道：「我這是要用山東話還是要用北京話說呀？」他用北京話和山東話各演了一次，像是兩個不同的老兵。

雖然，山東話到位，但顧及到觀眾聽不懂，最後仍決定以北京話演出。

小說原著延著「父子關係」發展，劇場版也接續這樣的主題：挫敗的父親，被放逐的兒子。李青的父親是《孽子》裡各種父親的縮影，濃重的口音不僅是小說人物的背景設定，也意指父親對初來乍到的新環境充滿隔閡，新一代的誕生是他們人生唯一的救贖。

陸一龍顛著腳步，一次又一次轉換口音，試圖替這個挫敗的父親找到一個安身立命的位置。李青趁夜將母親的骨灰送回老家，老父步伐蹣跚，抱起妻子的骨灰罈，悲淒喊著妻的名字，抬頭再望門外，對著已然遠去的兒子，絕望喊著阿青。這對崩解的父子關係，是劇中沉沉的痛處。

舞台上傳來「咚！咚！咚！」的腳步聲，這是導演以腳用力踩地發出的聲響，擬仿真實舞台上，在背景踏步的軍隊隊伍。這又是另一個傷心父親的故事，丁強（飾傅老爺）站在漆黑空無一物的舞台上，大串長達十五分鐘的獨白，將父親的絕望與痛苦更進一步往前推。

傅老爺回憶獨子傅衛十六歲時，跳上馬背，在大地飛奔的英姿，獨白被模擬的軍隊踏步聲打斷。一如李青被發現與校園警衛「不軌」的行爲遭到校方開除，傅衛與傳令兵曖昧遭軍隊發現，傅老爺與他斷絕關係。即使在傅老爺五十九歲生日那天，傅衛打了電話回來，苦求：「爹爹，我可以回家看你一次麼？」傅老爺仍以冰冷的口吻拒絕他。

當天晚上，傅衛在軍隊裡自殺，舞台上傳來震耳的槍聲。丁強的臉上微微一震，恐懼與悔恨同時出現在臉上。丁強原是電視劇版《孽子》的楊教頭，這次上了劇場，則是演出傅老爺一角。從公園裡的江湖老油條，到名門將軍的傷心父親，即便演來游刃有餘，丁強現場不斷自我質疑：「這樣夠嗎？」、「這樣可以嗎？」、「會不會太長？」排練空檔休息時間，他喃喃自語：「要是膽子大一點就自己改了，但這本子不好改，改不了。」

演電視劇出身的他，細心比較出劇本的差異，舞台劇的對白較文言，不像電視劇的直白。然而，也因爲對白的細膩文言，對演員也成爲一項障礙，丁強反覆念著對白，最後仍是原封不動按本演出，唯一更動之處是，將回憶獨白的「傅衛」改稱作「他」，因爲做爲一位父親，連名帶姓稱自己的兒子，顯得太生疏了。

另一項的不適應來自空闊的舞台，這場長達十五分三十秒的傅老爺獨白，丁強不斷表達他的擔心：「觀眾會不會不耐煩？」舞台上，只有他的回憶獨白，伴著阿青隨侍在旁，背景暗黑，整場戲只有不斷踩踏的軍隊步伐和震耳的槍聲。他提議，不如傅衛的軍中生活那段可以濃縮，抑或是把傅衛青海騎馬的回憶拿掉呢？現場的編導都在遲疑，一片沉默。

白先勇老師來了。他不發一語，坐在導演旁，看著丁強將戲從頭走了一遍。「會太長嗎？」有人發問，白老師沒有任何猶豫：「不會。」又說：「戲好是不會怕長的。」他稱讚丁強的念白十分有魅力，相信他能夠撐起這整場戲的。

原著小說，每個角色幾乎都隱含失敗的父子關係，而劇場版集中處理李青父子及傅衛父子這兩對關係，兩對父子是作爲對照關係。被逐出家門的李青，在傅老爺的收留裡得到溫暖，而傅老爺對公園青春鳥們的援助，也是他自己的救贖。他們各自在自己破敗的人生裡，找尋和解的方式。

白先勇說：「這場戲很重要。」撐起來，就成功了，撐不起來，戲就沒有了厚度。在這場戲之前，是楊教頭帶著公園裡的青春鳥們，向傅老爺祝壽，一群無敵的青春鳥兒彼此嬉鬧。而傅老爺這場十五分三十秒的戲之後，緊接著是安樂鄉酒吧的開幕，「鶯鶯燕燕」們滿場飛舞，如果少了傅老爺的這場十五分三十秒，或是傅老爺的十五分三十秒少了一點情緒，那麼整齣《孽子》就淪爲一齣「同志喜劇」而已。

「這戲還是要一點深刻的情感才好」。白先勇對著丁強這樣說，導演曹瑞原似乎也認同這樣的看法，他曾說：「這不只是一個同性戀的故事，它還是一個關於生命如何在困頓、艱難的時候，尋找出口的故事。」

這是關於同志，關於父子關係，也是關於生命尋找救贖的故事。

丁強似乎被說服了，不再堅持十五分三十秒的獨白太長。（編按：劇本中傅老爺獨白的長度後來又有所刪減。）

安樂鄉

第一次讀劇時，似乎就可以嗅得這群青春鳥們歡快的氣質。小玉只要一開口，娘中帶騷的語氣引人發笑。在排練室排排坐的青春鳥們，並不是科班出身，他們全是北藝大舞蹈系的學生，這次演出與電視劇版最大的不同之一，便是有大量的舞蹈動作，從阿鳳到青春鳥們都是以舞蹈的方式表達其青春難以拘束的氣息，而這些舞蹈動作都帶著俐落的現代舞的影子。

這些舞蹈動作全由資深舞蹈家吳素君編排，她領著她的孩子們圍坐在排練室，時而要他們拿著椅子共舞，時而要他們來幾段隨興的發揮動作。畢竟還是年輕，這群孩子們眼睛閃著興奮的光彩，挺著背，不管輪到誰上場，都專注聽著指示。

一場安樂鄉酒吧開幕的戲，是青春鳥們發揮戲份的高潮，他們纖細青春的肢體滿場飛舞，彷彿演的就是他們自己。或許，所謂青春，就是眞眞實實的心態與年紀，你光站在台上，一個眼神一個動作，抑或是什麼都不做，觀眾就能感受到青春的味道。

唐美雲來了，她素著一張臉，頭頂著毛線帽，她沒有太用力，一上台就渾身是戲，如果青春鳥們是用自己的青春在演自己，唐美雲則是用自己的人生閱歷在演自己。舞台上，楊教頭女身男相，操著渾厚的嗓音，領著青春鳥們向客人打招呼，不管是楊桑還是史醫生，都被她收服得服服貼貼。

不管是小說版還是電視版，《孽子》都是一個男性十足的故事，裡頭的女性大多沒太多主動性格，像是李青的母親，被動接受命運的安排，最後死在破敗的小屋子裡。白先勇對唐美雲這個選角十分滿意，認爲可以增添些許「母性」。這也是劇場版《孽子》最大的亮點，唐美雲的加入讓這個純男性的故事有了母性的溫度，她宛若大地之母照顧這群被放逐的青春鳥們，對於生命，她不像李青的母親那樣逆來順受，她悠遊於酒吧裡的社交手腕，說明她對生命主動出擊的態度。

青春鳥們嬉鬧、玩世不恭的態度，因爲有楊教頭的對比和拉扯，讓生命中輕的那一面，有些微世故溫暖的重量。

那些青春鳥的行旅

小說的尾聲，是藉由小玉與阿青的幾封書信往來，交代了這群青春鳥們的結局。劇場版的《孽子》也大致交代了幾個角色的結局，李青在公園裡遇見了羅平，楊教頭又另覓一群新徒弟，一切彷彿生生不息。

李青在公園裡對羅平說，他突然理解母親爲何一直流落在外，因爲他和母親一樣不敢正視父親那張痛苦灰敗的臉，他後來回了家，偷偷把剛買來的一本《三國演義》擱在大門口，然後匆忙跑走，愈跑愈快。他說：「跑出巷口回頭望去，那一刻，我才眞正感受到離家的淒涼……」

這一刻，他理解什麼是離家，什麼是被放逐，父子關係的和解不是像灑狗血的偶像劇的擁抱和淚水，眞實的和解並不是回家，而是多了一份理解，坦然接受這項缺憾。

李青終究沒有回家，但他的救贖是公園裡的羅平，那個像弟娃的小弟，劇情的結尾，他和弟娃在公園裡奔跑數著「一、二、一、二」，遠處是過年的爆竹聲。隱沒的舞台燈光，最後打在舞台布幕上的，是這幾年台灣同志遊行的影片。以一九七〇年代爲背景的《孽子》，和二十一世紀的當今社會，這麼轉眼一瞬，三十年過去了。

小說的首頁是這樣寫的：「寫給那一群，在最深最深的黑夜裡，獨自徬徨街頭，無所依歸的孩子們。」相距三十年，遙遠的故事裡，詛咒被解除了，那群青春鳥們的足跡像是對現今世界的一道祝福。

青春鳥的躑躅行旅

阮慶岳（元智大學藝術與設計系教授兼系主任）

白先勇最著名的小說，也已然蔚爲經典的《孽子》，是以七〇年代的台北做爲背景的一部同志題材小說，然而，其中碰觸的內容豐沛龐雜，角色與情節更是枝葉蔓生，全篇首尾來回交織、迴盪扣鎖，有著章回小說的些許氣韻。

因此，若是要改編這部小說爲劇場作品（或電影），可以說既容易也困難。容易的是，整本小說的故事與情節相當豐富，角色人物的形象與個性皆鮮明易辨，尤其以著當年時空色彩已然相對強烈、遊走徘徊台北底層社會的青春同志眾生相爲主軸，即令必須經過剪截與轉換的過程，原來就有的濃烈滋味，應當不易流失。困難的是，在這些流轉不歇也層層相疊的故事背後，究竟要如何理出原著小說似乎複雜多義的內在話語，也就是這小說的眞正旨意究竟何在？以及，如何才能將之適當述說出來，可能才是考驗著改編者的詮釋能力。

此次施如芳的改編劇本，首先見到是對原小說的高度尊重，除了結尾添加了此刻盛大也成功的同志大遊行，做出彼此間時空現實已然轉換的呼應外，也算是某種隔著時代的揮手致意（也是對先行諸人的一種告慰手勢）。基本上，劇本的主結構依循著原小說的敘事脈絡而走，也因爲舞台演出的各種限制，角色與劇情皆有適當的裁切凝聚，以及在效果上的強化提點，算是成功的回應了改編的命題。

至於較困難關於旨意的詮釋問題，本來就有各方的多元多意可能，難以論斷。在此，我就依個人的解讀爲本，不分差異地同時回應小說與劇本的文本，也就是直接以我的主觀觀點，以解讀來回應這雙重的文本，讓閱讀者也可以開放地從中各自做詮釋。

對時代狀態的描述、感嘆與批判

《孽子》一書最核心的話語，應是阿青探視臨終母親的那段文字：「一刹那，我感到我跟母親在某些方面畢竟還是十分相像的。母親一輩子都在逃亡、流浪、追尋，最後癱瘓在這張堆塞滿了發著汗臭的棉被的床上，罩在污黑的帳子裡，染上了一身的毒，在等死……。」

或許，《孽子》的第一個旨意就是：逃亡、流浪、追尋（以及等死？）。然而這樣的命運狀態描述，其實已經超越了書中同志族群的生命情境，也涵蓋了其他觸及的人物，包括流離來台的外省族群（那些失意悵然的國軍軍官）、一些弱勢的本省籍女性（因社會結構而淪入風塵），以及一些無父母或生來殘障的孩童等，已然是對一整個時代狀態的描述、感嘆與批判了。

關於這個，以《東方主義》聞名的薩依德，宣稱我們（現代人）早已經不覺也無可免的處在流亡的狀態裡，在《知識分子論》一書裡，他甚至表示流亡已經由針對個人的處罰，「轉變成針對整個社群和民族的殘酷懲罰」，他在同書裡引用阿多諾的話：「在自己家中沒有如歸的安適自在之感，這是道德的一部分。」

回到《孽子》所說的：逃亡、流浪、追尋（以及等死？）。流亡如果已經如薩依德所說的是這時代的宿命（就譬如阿青感覺「我跟母親在某些方面畢竟還是十分相像的」），以及家庭意義在其中的失落（在自己家中沒有如歸的安適自在之感），那麼究竟必須要去「追尋」什麼呢？是尋找所謂的救贖，還是只能注定要等死呢？

我覺得這是白先勇在《孽子》小說裡，提出第一個待破解的命題。

《孽子》裡的人物，所以必須逃亡、流浪，並追尋，歸根究柢，可能都是與道德／道統有關。就是因為有了背德的行為（譬如身為同性戀，或是生父不明的私生子、天生身心殘缺等），才會被「家」（通常是一個極端強勢、並以道德為名的父權人物）所排拒，而「不得不」開始這樣被流亡的命運，以致於阿青的母親阿麗與戲團小喇叭手私奔，或阿青的被迫離家而遊蕩入新公園，都是因為個人的本性（愛情、慾望等）抵觸了道德，而必須受到離家流浪的懲罰。

在《孽子》的小說裡，其實沒有真正的惡人，但卻幾乎大家都在受苦，無人倖免。那麼造成這樣受苦的「惡」（讓所有人因而受苦之因）究竟是什麼？這樣的「惡」又到底是從何而來呢？白先勇在小說裡並沒有明白的回答，但隱約閃爍也欲語還休的「惡」，如果並不是源自於裡面角色們的自身本性（白先勇基本上相信他們皆善），那應該就是看似名正言順、卻其實依附著父權，不斷批己伐人的那個道德／道統吧！

這也就印證了阿多諾所說的：「在自己家中沒有如歸的安適自在之感，這是道德的一部分。」

張揚著道德的大旗的一方，自然是以諸多元素，來與「父權」在基本價值觀上做密切結合，譬如國族道統的光榮、異性戀的絕對正確性、對原欲的壓抑等，小說裡的重大對抗，也幾乎都環繞在父親與兒子間，因雙方道德觀（尤其是因同性戀的背德與羞辱）的重大歧異，因而肇果為父親／兒子間的斷裂與對立，而且雖然雙方皆深深受苦，卻也都脫離不了這困局。

這困局所以會這樣地困住所有人，也同時幾乎困住了小說的自身發展可能，有可能就源自於白先勇對待這惡的態度。也就是說，面對造成這一切惡的淵藪的「道德」（也同樣是那個曾經在前一個時代裡聳立天際、如今卻顯得搖搖欲墜的某些道統，曾經輝煌的國軍戰史、一度顯赫的家世榮光等），白先勇完全不忍、也不願去直接做批判（白先勇並不願意為了自我身分的認同／小我，去撼動那個似乎遺志未盡的國族命運／大我）。因此在這樣的巨大衝突下，白先勇的小說角色，只能選擇逃亡與流浪，讓所有角色幾乎沒有任何希望地，陷入只能坐以待斃、相濡以沫的「等死」狀態。

宣告愛情與親情的不可移轉與彌補

當然，作為小說家的白先勇，也完全明白這困局的所在。因此小說的後段，開始鋪陳著追尋與救贖的可能。這包括嘗試著父子間關係的和解，但因發覺道德的舊有本質依舊牢固不動，因此這樣透過和解的救贖路途，畢竟還是撼動無力，終要宣告草草收場。也就是說，這樣想透過親情愛的力量的作為，其實撼動不了這道德的固有羅網。

對於父親／兒子間的「親情愛」，究竟是否有可能真實存在著的著墨，其實在全書中有許多篇幅在探討，除了幾對父子的矛盾與破裂外，其他譬如透過類似的長者／少者的多重關係，反覆試探親情愛可否藉他者再現，甚至探問著帶著交易的性關係，可能真正連結二者？基本上，白先勇藉由筆下角色的嘗試與大半失敗的結果，似乎也宣告了愛情與親情的某種不可移轉與彌補。

愛的不可移轉與不可完成，奠立著《孽子》全書的基調。儘管白先勇自覺地想要營救這樣的悲觀與無望，譬如積極營造一個類同烏托邦的家園（楊教頭主持的安樂鄉），以及組織一個有著自身道德與倫理的家庭（郭老爲首的類家族結構），但都徒勞無功，只能眼睜睜地看著這一切，隨著時日逐步瓦解，無能爲力。

另外，除了父親／兒子作爲主結構外，母親的角色也值得做探討。《孽子》中的三個關鍵角色（阿青、龍子與傅衛）的父親，均是外省人的軍系官員，而三人的母親一個與人私奔、一個早死，一個不明，都是退隱的角色。相對於《孽子》中的父權男性，小說中出現的女性（母親）角色，除了阿麗是個失敗的被懲罰者外，曾爲酒家女的小玉母親、生了個無父混血兒的麗月，以及Tomboy的楊教頭，與幾乎類同母親的郭老，都頑強的在生命底層做對抗，閃現真實人性的光輝。

以親情愛與情愛做出發的試探，雖然似乎宣告失敗，但也引出另外一個契機，也就是一種「無因」（全然付出，不求回報）的人間愛，在這一切的親情與愛情皆撤守時，開始慢慢浮露出來，成爲最終救贖的一線生機。也就是說，道德作爲《孽子》全書的困局所在，破解的可能，終究還是回歸到白先勇作爲小說家時，最大的特質與最引人處的「憐愛與同情他人的能力」。

在他作品中那一直都有的寬大的包容與悲憫，還是這一切因道德而生的困局，得以救贖的最後可能。因爲，道德如果是《孽子》的困局所在，「無因的愛」似乎是破解的唯一途徑。

也就是說，在《孽子》裡，愛是以三個層次逐步展現的。首先是親情的愛，然後是愛情，最後是極寬廣的人間愛。親情的愛與愛情，一直是《孽子》全書裡不斷相互糾結的所在，二者以禍福相倚的因果關係連結著，許多角色（譬如阿青、龍子、傅老爺的兒子傅衛等）都是因爲個人「不道德」的愛情，而不得不失去與親情的連結，而終於流離失所。然後，許多類似背景的青春鳥，因緣際會聚集到郭老的另一個「大家庭」之下，在這裡，某種替代的親情與倫理關係，重新（作爲替代品）的被建立起來，原本在已經失去的「家」裡，所能提供的護衛與制約，也似乎依樣而生。

在這個彷似暫時得到幸福庇護的替代大家庭下，他們開始探詢愛情的新可能，然而同輩間的愛情，似乎皆不易受祝福、甚至蒙受著不明的詛咒，譬如人人津津樂道的龍子與阿鳳的愛情悲劇，似乎告誡著背德與幸福的不可共存。而在轉往與生存相關的愛情交易裡，也屢屢見到對愛情（與親情）建構的撲空，當初被父親背棄的關係，似乎依樣在年長者身上再度重現，傷害反覆也依舊。

這些青春鳥的行旅步伐，近乎無望、悲涼也蹣跚！

在最終的絕望注入強力的希望曙光

白先勇此時應該也覺察到這樣的無望，也開始構築更廣義的人間愛的可能，做爲對這樣近乎注定悲劇結局的某種破解與救贖。這樣救贖者角色的代表人物，自然是曾爲高官、已經退休的傅老爺子。這位因爲以道德譴責兒子同性戀行爲，導致所愛的兒子舉槍自盡，也因此餘生不斷受到自我良心迫害的異性戀老父親，在這樣受制於道德的集體困局裡，沒有條件的（不似其他年長者的協助，總還帶著交易的痕跡）跨步出來，全心付出的幫助這些無依的青春鳥，也許動機仍是對於過往記憶的補償，然而這樣愛的出發，已然閃現出樂觀與可信的人性光輝。

《孽子》的主要角色阿青，最後依靠入傅老爺子的身邊，建立起相互照顧的溫暖關係，宛如對兩人都曾經各自逝去的家，做出撫慰般的瞻顧與回答。然而，像傅老爺子這樣沒有任何現實原因的關愛與付出（譬如對孤兒院孩童的照顧），已經有著母性的特質（是由父權轉成母性的另一個救贖象徵，雖然傅老爺子最終還是令人悲觀的病死），確實也爲《孽子》在最終的絕望裡，注入了一道強力的希望曙光。這樣略顯微弱的救贖力量，並得到將接續不休的暗示，譬如阿青對從公園半買半揀回來小弟的無因眷顧，與書末再度伸手對少年羅平的關愛，加上曾經自我沉淪並再度回到傷心地的龍子，決定全心照顧瘸腿的小金寶，似乎見出白先勇已然將原本想透過親情或愛情的建構，才得以獲得的救贖，改爲經由己身與他者（阿青與龍子）的介入與付出，移轉到類同聖潔的人間愛了。

原本藉由父親/兒子的關係，做爲主要敘述脈絡的「愛」，在經過各種重建的嘗試與努力後，依舊對道德、道統與現實的框架無從破解，只能眼睜睜看著「父親們」以決絕的行爲，來掩蓋對兒子或許存有的情感依戀。在這裡，倫理與階級的存在，經常是讓道德合理化的掩飾品，短暫烏托邦的建立，並不能掩蓋絕境將近的悲劇宿命。

這樣的無望確實需要某種應答，在施如芳的改編劇本裡，我們見到她以此刻已經坦然自信的同志大遊行，來對照當年蓮花池畔的暗夜繞行，隱隱宣告著這樣的無望，經過漫長的蹣跚與掙扎，其實已然健康也茁壯許多。

改編劇本裡的基本調性，沒有太多原小說的悲劇/宿命性格，所觸及的面向以同志的邊緣身分，以及因之遭受的壓迫與不幸爲主，節奏簡練精準，尤其適度添入一些寬鬆的喜劇調性，調和了原本的沉重氣息。

那麼，《孽子》是悲觀的嗎？

在白先勇《孽子》裡的結局，是逐漸可以安頓自我身心的阿青，除夕夜重回蓮花池畔，意外發現初離家的少年羅平，毅然伸出了他的援手。看似樂觀的兩人，在夜裡決定一起跑向未明的世界，這個鮮明的影像/意象，讓我想到陳映眞小說《將軍族》的結尾，注定無法結合的那個外省老兵與本省女性，最後決定以死亡終了：「他們於是站了起來。沿著坡堤向深處走去。過不一會，他吹起『ㄈ』者進行曲』，吹得興起，便在堤上踏著正步，左右搖晃。伊大聲笑著，取回制帽戴上，揮舞著銀色的指揮棒，走在他的前面，也走著正步。……太陽斜了的時候，他們的歡樂影子在長長的坡堤那邊消失了。」

我覺得白先勇也是悲觀的，只是顯得含蓄些。他的結尾是這樣寫的：

我們在路上越走越冷，我便向羅平提議道：

「我們一齊跑步吧，羅平。」

「好的。」羅平笑應道，他把掉到胸前一端圍巾甩到背後去。

我跟羅平兩人，肩併肩，在忠孝西路了無人跡的人行道上，放步跑了下去。……在一片噼噼啪啪的爆竹聲中，我領著羅平，兩人迎著寒流，在那條長長的忠孝路上，一面跑，我嘴裡一面叫著：

一二
一二
一二
一二

中高德育
1225

從孤臣到酷兒，《孽子》傳唱三十年

周慧玲（中央大學英美語文學系專任教授）

在保守的上世紀七〇年代，自比孤臣干犯禁忌的《孽子》，一出江湖便已經是中學生間盛傳的玻璃圈傳奇，側寫臺北角落一尊尊黑色剪影。二十年後前仆後繼降世的孽子拉女們，甫落地總能引起藝文耆老們的特殊照拂，他們與她們就算不是再續《孽子》前緣，似也承接解嚴後的社會對當年新公園那隅驚世駭俗的前世今生的哀憫。《孽子》作爲臺灣酷兒文學的桂冠，猶如藝文圈裡對白先勇筆下那群自比孤臣的青春鳥兒們的追封，也像對一個時代的憐惜。

如果這樣的孽子（無）家（之）譜還有續篇，我們不妨繼續追加九〇年代酷兒概念在西方知識界崛起之際，臺灣出品的電影《喜宴》，李安鏡頭前的影片主人翁猶似讓當年新公園的倖存者轉身投胎爲留美同志，一馬當先地在彼時華語電影銀幕上的風流債裡奪冠，爭得個世界同步，成島嶼上酷兒系譜撰述者願意津津樂道的。莫非孤島偏愛孤臣？二〇〇三年公共電視首播的同名電視劇，頂著文學經典改編的帽子，勇闖上百萬家庭客廳，以彩虹渲染臺灣天空，眞正是街頭傳唱孽子調，家家競睹青春鳥，驀爾小島儼然落實了原著小說裡的安樂鄉。可以說，自其降世落地以來三十載，不稱父祖只有教頭的《孽子》，若不能轟動武林，也總是要驚動萬教的。

臺灣劇場提供了島嶼酷兒的主舞臺

睽違島嶼上百萬人家客廳十年之後，年逾三十的《孽子》再出江湖能否續領風騷，是大家都好奇的。二十一世紀的臺灣現代劇場，自非上個世紀七〇年代枯木逢春的臺灣現代文學界所能比，更不是十年前已退化為文化沙漠的恐龍電視圈所能企及。特別是，臺灣現代劇場始終熱衷酷兒演繹，自成氣候，另有天地。從上個世紀八〇小劇場運動伊始，從「臨界點劇團」的田啟元到「莎士比亞的妹妹們劇團」的魏瑛娟、徐堰鈴，到「同黨劇團」的邱安忱等，莫不以同性情慾搬演革命，掀起一波波的另類想像。九〇年代末的國家戲劇院，也見勢推出了被視為商業探路的台北故事劇場的大型翻譯製作《你和我和他之間》。即便是擔任此次《孽子》委託製作的創作社劇團，也在過去十餘年間兩度推出中型製作如《少年金釵男孟母》，其他更有台南人劇團《浪跡天涯》等劇的陸續亮相。若言臺灣劇場提供了島嶼酷兒的身體想像與情慾記憶的主舞臺，當不為過。

二〇一四年國家戲劇院推出《孽子》，意圖憑藉文學經典已三十載的滄桑，能在早已建立旖旎性別風景的臺灣劇場裡，再現什麼樣的舞臺尊容呢？筆者有幸一睹工作中的腳本，在此與即將進場觀戲的看官們，說嘴未來一番。劇場版的《孽子》挾著十年前公視的餘威，依舊由曹瑞原領軍，因此它的第一個挑戰也許便是表演媒介的適應：在沒有鏡頭與剪接的協助下，熟悉影像操作的導演，將如何調度一切、接力支撐現場演出，征服偌大的國家戲劇院舞臺？其次便是如何將原著的長篇精髓盡顯於三個小時的戲劇裡？兩者皆有賴改編編劇怎樣地故事新說再出奇招。編劇施如芳擅長的是歌仔戲，她與一個電視導演聯手駕馭一個彼此都陌生的現代戲劇，會不會是這個經典文學舞臺改編的第三重難關？難關未必不能過，二〇一四《孽子》看似要面對的障礙，何以不能是它的另類出擊？時值臺灣同性婚姻法制化的爭議下，面世三十餘年的《孽子》，會以不同的新容貌示人，或另予一個時代啟示？

為年屆而立的《孽子》下一個新註腳

筆者寫下這篇短文時，在《孽子》工作腳本所看到最大的改編亮點之一，要屬部分人物背景的重寫了，特別是原著出身京劇票友總要以楊宗保自擂的楊教頭，竟然成了一個歌仔三花的坤生，昔日上海文藝片小生轉行的電影公司經理也變成了臺語片小生。這個背景轉換固然讓三十年後舞臺上的《孽子》較之三十年前書面上的《孽子》，多了份在地況味與當代的酷兒風情，但也更動了原著以孤臣況味孽子的國族敘述意圖。改編後的《孽子》裡的青春孤鳥如果背負的傷痛不再以亡國孤臣類比，從原本的孽子走向酷兒的少年郎們又將要依託什麼來深刻承載他們的孤絕呢？或者，孤臣式的悲痛早已不再也無須緊抱不放？從孤臣到酷兒會不會是劇場版《孽子》故事新說趣味之所在呢？原著小說中阿青旁觀回顧燦爛又不堪的安樂鄉，生死糾葛雖然慘烈，但既是孽子，便沒有什麼自卑自憐的必要，因此原著阿青旁觀總像操著孽子式的口氣行文說話，他的戲謔中便有些看淡了的氣味。一旦一九七七年小說的旁觀說書人，轉身成了二〇一四年戲劇動作的主人翁，昔日「他」眼裡的所見所聞，成了今朝「我」的口中自述，青春酷兒們便格外顯得自哀自歎。從自謔到自歎，究竟是因為社會開放反讓酷兒孽子們變得渺小？又或者是因為時代更迭，令人們失去了悲劇的高度？

經典再現，是累積文化記憶的關鍵。《孽子》問世至今已三十載，臺灣現代劇場走到二〇一四年，也歷經了三十餘載。如果《孽子》從文學作品到影視再到舞臺的足跡，記憶著三十年臺灣社會走過的劇烈變遷，那麼《孽子》以影視導演掛帥攻占現代舞臺，它究竟將記憶著臺灣現代劇場與孽子酷兒的臍連？還是提供另一場「孽子轉身酷兒」的華麗社會奇觀？它將繼續激勵著已然開放的聲響，或是溢出深層保守？當多元成家法案正要將我們所謂的自由開放推向立法的過程，看官們是否將為年屆而立的《孽子》下一個新社會註腳？

見證台灣文化演進的奇異旅程

但唐謨（臺灣大學戲劇學系碩士，影評人，OKAPI 網站專欄作者）

白先勇的《孽子》是台灣最重要的同志文學，這部經典多年來在藝術、文學、學術等領域，都有許多討論和對話，並曾經以視覺呈現在電視、電影和舞台上。無論在文學領域或作者白先勇本身的創作歷程，《孽子》具有非常重要的意義。

在時間的游離中尋找自我

根據《孽子》的原著小說，主人翁李青被退學的學校佈告日期是民國五十九年，而故事中還有楊教頭、阿鳳等人物的歷史回顧，因此推算，孽子整個故事的時間背景，從五〇到七〇年代，可能將近二十個年頭。這段時期正值二戰之後，國民政府撤退到台灣，直到台灣退出聯合國，以及台灣經濟起飛的前夕。

《孽子》的年代，台灣開始脫離日本殖民統治，回到「祖國懷抱」；另一方面，民國三十八年國民政府戰敗撤退來到台灣；無論是對於本土台灣人，或者經歷戰亂來到台灣的外省人，他們共同面臨著對於土地的認同問題。外省籍的白先勇透過《臺北人》一書中的金大班、尹雪豔，以及《孽子》的楊教頭、盛公等角色，道出了這份漂泊的情結：他們心懷大陸，想像一個神州，卻在國族興亡當中嘆息，昔日的風光不復在，他們永遠無法眞正落地生根。

白先勇的作品，總被認爲在書寫大陸淪陷之後，撤退來台的外省人的認同困境；但是另一方面，他在作品中卻對臺北這座城市，抱持著一股深深的熱情。許多屬於臺北的都市景觀：城市、農田、五光十色的夜生活、車水馬龍的街道，都在他的作品當中有著細緻的描述。在一片對於國族認同的不確定當中，白先勇筆下的臺北城，卻充滿著一份屬於「家」的激情。這種「家」的感覺，也充分顯現在《孽子》中的「新公園」。

《孽子》的主人翁，處在這樣一個充滿變動和不確定的世代。老一輩的同志都是從大陸撤過來的；但是主要的同志主人翁，大多是土生土長的台灣人，他們都有一個外省父親，以及一個本省籍的母親。在時間的游離當中，他們努力地尋找自我。

博愛特區和新公園的空間軌跡

《孽子》故事的背景，也就是書中的「黑暗王國」，就是現在已經更名爲「二二八紀念公園」的「新公園」。舊時的新公園位於戒嚴時期的「博愛特區」內。博愛特區以總統府爲中心劃出一塊特殊政治區。在解嚴之前，這裡是敏感的軍事管制區，臨近的土地銀行、台大醫院、法院等建築，融合了各種新舊建築風格，呈現壯麗的都市景觀。在白天，這裡是政經樞紐；但是到了晚上，博愛特區因爲實施宵禁，整個地段一片安靜，彷彿寧謐的空城。然而，一個公共的空間——新公園，卻置身在嚴肅陰森的博愛特區之內。

博愛特區以及新公園的空間特性，形塑了台灣最重要的同志歷史，以及一份屬於同志的集體記憶。博愛特區的夜晚，人煙稀少，一般人不大會晚上過去；而夜晚的寧謐，也帶著一種遮蔽的功能。在同志無法見光的世代，「黑暗王國」就在博愛特區內的新公園默默成形，讓新公園成爲過去台灣男同志最重要的社交據點，暱稱爲「公司」，就是指每天都要去「上班」的地方。

新公園內的同志社交活動，一般集中在蓮花池附近。當時新公園內的同志會遇到警察驅離甚至逮捕，於是同志的活動範圍從蓮花池延伸到樹林。而新公園內的蓮花池仍然是《孽子》書中著墨最多的場景，文中如此描述：「在黑暗中，我踏上了蓮花池的台階，加入了行列，如同中了催眠術一般，身不由己，繞著蓮花池，一圈一圈不停地轉著。」

舊日的新公園，置身在博愛特區這樣一個象徵威權體制的公共空間之內，卻在入夜之後變成了同志進行「性」活動的「私領域」，也建構了台灣同志生命史中最重要的一環。隨著政治解嚴及民主意識抬頭，博愛特區不再是凜不可犯的禁地。但是在解嚴十年之後的一九九七年，在新公園外圍的同志聚集地常德街（新公園十二點關閉之後，同志轉移到常德街繼續活動），同志卻遭到警察惡意的臨檢及逮捕，此一事件也加速了台灣同志運動的進展。

隨著新形態同志社交方式的改變，新公園的同志生活已經漸漸走入歷史，記憶和書寫卻永遠被留了下來。

書寫七〇年代底層同志的生活

《孽子》台灣最重要的同志文學，也是白先勇唯一的一篇長篇小說。這部作品一九七七年七月開始在《現代文學》復刊號連載，單行本小說一九八三年上市，一共二十多萬字。這本小說上市之後有褒有貶。白先勇在此之前曾寫過《月夢》和《青春》等同志短篇，而《孽子》卻是台灣第一部引起同志議題討論的文學作品。關於標題「孽子」，在《孟子．盡心上》中「孤臣孽子」的「孽子」，指的是不被父母所愛的庶子；「孽子」也泛指大逆不道，被逐出家門的兒子；而小說中的同志孽子們，也是販賣肉體的男妓。縱觀《孽子》大致可以歸納出三個重要的主題：

父子關係的僵局：在傳統的思想當中，「孝」指的就是「肖」。一個男性的成長與養成，首要就是「男子氣概」，兒子必需繼承父親的陽剛，透過對於父親和陽剛的認同，完成這場倫理和秩序。《孽子》中的人物：小玉、李青、龍子、傅衛都是大逆不道的「不肖子」，他們身上的同性戀，全然破壞了既有的價值體系，也破壞了原本和諧的父子關係。

對於父親而言，養出一個同性戀兒子，無疑等於他個人生命的失敗。無法繼承子嗣的兒子，讓他們憤怒，爲他們帶來遺憾與落寞。孽子們因爲愛慾的對象被逐出家門，走上流亡之路，甚至無法參加父親的葬禮，於是，他們努力地要去尋找一個「父親」。

《孽子》中的每個同志幾乎都面臨類似的父子僵局，儘管他們在新公園那樣的空間找到安全與認同，但是那個永遠無法回去的「家」，才是他們心中不斷掛念的最終歸宿。例如故事中的小玉，他不辭辛勞，非常執著地尋找一個完全沒有對他付出任何愛的父親。對於父親那份無法被填補的失落，永遠糾纏著每個孽子。

「家」的追尋：《孽子》開卷第一章就提到了「在我們的王國裡，只有黑夜，沒有白天。天一亮，我們的王國便隱形起來了，因爲這是一個極不合法的國度。」生活在六、七〇年代，普遍面對著中國／台灣國族認同危機的同志孽子，卻從新公園這樣一個更加游離，只存在於夜晚的「黑暗王國」中找到歸屬，滿足了他們對於安居的渴望。儘管他們仍然非常眷戀自己的原生家庭，卻在這黑暗的王國中發展出了一個超脫於親屬血緣關係的「家庭」，一種建立在共同性取向的群體組織，企圖模擬「真實」的親屬關係，以得到暫時的認同。但是這樣一種對於「家」的追尋卻總是不堪一擊，他們在新公園的生活，對外得面對體制、警察的侵擾，無法得到充分的庇護；然而在他們的心底，對於「真正」家庭的渴望，永遠沒有停止過。

新公園內建立的黑暗王國，儘管只是孽子們找尋自我認同的中途站；但是在白先勇的筆下，這個地方經歷了無限的愛嗔痴癲，和無數的同志故事。

同志的流放：《孽子》小說的一開始就寫道：「三個月零十天以前，一個異常晴朗的下午，父親將我逐出了家門。」阿青因爲在學校與同性發生性關係，因而被學校退學、被父親趕出門外。《孽子》中的每個人物都無法擺脫被流放的命運。流放可以有兩個層次，一個是空間的放逐，李青被趕出家門，於是一定要找尋另一個棲身之處，於是他身無分文地來到了新公園，遇到了郭老，開始了他的另一段流亡的生命；另一方面，同志面對自己的同性情慾，將自己異化於外界之外，也是一種內心的放逐，即使他們沒有被趕出家門，也在心理上被放逐。

白先勇在《孽子》的文字中刻畫了處在七〇年代特殊時空背景下活在底層的同志生活，道出了同志的認同掙扎、同志的漂泊宿命，以及在傳統糾結之下，對於「家」無法釋懷的一份鄉愁。

孽子的展演：從電影到電視

《孽子》的小說曾經多次被視覺化：一九八六年，台灣導演虞戡平把《孽子》搬上了銀幕在台灣上映；一九九七年的四月，吳文思的「外賣劇團」把《孽子》改編成舞台劇，在美國哈佛大學演出。台灣公共電視在二〇〇三年推出了曹瑞原導演的電視版《孽子》。

虞戡平導演的《孽子》可以說是台灣第一部同志電影，當時曾經被選爲「洛杉磯第一屆同志影展」的開幕片。《孽子》電影的生產年代，台灣仍處在戒嚴統治之下，同志議題在保守社會氛圍中，仍然屬於禁忌。面對當時嚴苛的電影檢查，虞導演和作者白先勇在溝通中完成了劇本，

電影版《孽子》的主人翁阿青由當時的新人邵昕飾演，姜厚任飾演龍子一角；原始故事中的楊教頭和傅老爺子兩個角色合而爲一，由孫越飾演；個性較娘的小玉，或許因爲找不到適合的男演員，於是請一位女性演員反串；這部電影在當時的環境下處理得頗爲含蓄。龍子的軍人家庭背景只是點到爲止，無法做太深入的描寫，導演虞戡平曾表示：「影片中盡量減少身體親暱的接觸畫面，同時以不停飛翔的白鷺鷥隱喻同性戀者被社會放逐的孤寂心境。」《孽子》在重重限制下拍攝完成。同志的情慾描寫不多，主要部分放在孫越飾演的老年同志和女伴之間的感情。但是最後仍然被迫修剪二十一刀，以限制級上映。最慘的是，當時還必須繳回修剪過的拷貝底片，讓這部電影永遠殘破，永遠無法以眞正的面目示人，實爲台灣文化深深的哀傷。

西元二〇〇〇年代初期，台灣經過解嚴和民選總統，社會急劇在變化，但是一個以同志爲主題的電視劇集，仍然是相當不可思議的。公視的二十集連續劇《孽子》，以文學電影的姿態，重新影像化《孽子》，也把這個故事從虞戡平當年被剪了二十多刀的電影版《孽子》中解脫出來。

電視版的《孽子》群集了台灣影劇歷史上重要的資深演員，包括金士傑、丁強、王玨、李昆、田豐、王滿嬌等人；新生代演員范植偉和庹宗華分別飾演阿青和龍子，另一個重要角色阿鳳則交由原住民演員馬志

翔飾演；年輕演員張孝全、金勤、吳懷中都參與了演出，飾演那群「青春鳥」。老牌演員柯俊雄情義相挺，扮演阿青的父親。電視版的《孽子》在當時造成了一股文化現象，也在同志圈引發了一陣旋風。

電視版《孽子》以精緻的視覺重現了七〇年代的台灣社會，二十集的長度也較容易呈現原著的全貌。這部片集也是極少數在台灣可以引起文化討論的電視作品。公視當時的重播次數和上網討論的程度，都打破了記錄。藝文界也舉辦了一場大型「白先勇名著《孽子》研討會」，再次閱讀這本台灣最重要的同志著作。

對於台灣的同志，電視版《孽子》的播出是一件盛事，也是一份驕傲，因爲同志議題從來沒有這麼盛大地占據公共領域。當時公視網站的《孽子》討論區，彷彿另一個 BBS 的 Gay 板。飾演龍子的中生代演員庹宗華雖然外型和小說略有差距，但是他卯盡全力，用生命擠出能量的演出，完全打動了每一顆同志心。

令人納悶的是，這齣以男同志爲主題的電視劇，群集了大量演技優秀的男演員，複雜的角色也激發出許多演員的表演深度；但是在當年的金鐘獎，這部劇集卻只得到了女演員獎。

創造高度戲劇性——孽子的舞台呈現

《孽子》是一部複雜的小說，整部作品中涵蓋了國族、世代、性別、父子、漂泊等主題，以及作者白先勇的城市觀察和他個人的書寫風格。在劇場上以有限的演出時間，呈現原作的精髓，並且維持其趣味性，仍是一件極具挑戰性的工作。《孽子》雖然是一部台灣同志的心碎歷史，但是小說中有太多繽紛有趣的元素，例如七〇年代的懷舊氛圍、各種性格的年輕同志角色、辛辣奇妙的同志對話等等。這些素材，都可以在舞台上創造高度的戲劇性。

孽子也是一部長篇小說，把如此冗長的故事搬上舞台，勢必要經過大量的裁修和取捨；而且，大家對這部作品已經有了相當程度的瞭解，都期盼看到自己喜愛的片段被搬演上舞台。

二〇一四年創作社所製作的《孽子》劇場版，以十六場戲精簡地呈現了這部同志經典，一方面保留故事的完整性，一方面也要維持節奏和舞台感。改編劇本中呈現了原著當中的新公園蓮花池、同志酒吧、臺北夜市等重要場景，也非常精簡地分場帶出原著的重要段落，包括阿青尋找父親的血淚史、傅衛的故事、小玉的眼淚、警察對新公園同志的暴力、安樂鄉酒吧的開張和結束、整部作品中最花枝招展的「人妖歌」，以及龍子和傅老爺子最心碎感人的「父親的痛」對話等等。小說中愛得死去活來的「龍鳳戀」在改編的劇本中，並沒有做冗長的表演，而是透過回敘來呈現。整個劇本的重點，仍然放在是原著中對於父子關係的描述。

《孽子》中的重要角色楊教頭在小說中扮演著一個保護者的角色；楊教頭和傅老爺子彷彿是這個同志家庭中的大家長。在電影版本中，這兩個角色融合爲一，但是此兩者其實各自具備著不同的意義：楊教頭以自己的幹練和略微的經濟實力，支撐起了新公園同志生態的運作，而傅老爺則具備更多的政治權力。小說中楊教頭的身材圓滾，穿著鮮豔，而且動作豐富，口才伶俐，外表帶著妖異（camp）的陰性氣質，但是內在卻非常堅毅果決；相對而言，軍旅背景的傅老爺，外表陽剛，但是他經歷了喪子之痛，他的內在其實是一顆脆弱的心。在電影版的《孽子》中，演員孫越所呈現的楊教頭，帶著過氣的哀怨，頭裹毛巾，臉塗乳霜的畫面，呈現出一股突兀的滄桑；這種感覺和原著之間有著明顯的差異。

楊教頭角色個性中陰性/陽剛之間的平衡，是個非常複雜的過程。創作社的劇場版本，對這個角色做了一個嶄新的嘗試，由一個女性角色（歌仔戲名伶唐美雲）來飾演楊教頭。由男性扮演陰柔的角色，和由女性扮演陽剛的角色，兩者似乎一體兩面，楊教頭同時擁有男性的堅毅和女性的纖細，其中分野卻非常微妙，視覺呈現上也大異其趣。在同志文化中有一種普遍常見的同志母雞（Fag Hag），即喜歡和男同志混在一起的異性戀女人，女性版的楊教頭帶著一點同志母雞的趣味，但是本身卻是一個對女性有慾望的女同志。《孽子》中的父/母結構，也因此而增添了更多的複雜性。這樣一個擁有高度性別曖昧的角色，在和其他角色的互動之下，勢必會造成更深的表演層次，也增加了更多有趣的劇場效果。

《孽子》走過了三十年的歷史，從文字、電影，直到舞台的呈現。這段過程雖然有點漫長坎坷，但是這段奇異的過程，就和《孽子》本身一樣，見證了台灣文化的演進。

圖、文　王孟超

舞台設計圖

以《孽子》中新公園最主要的兩個意象貫穿全劇：蓮花池及博物館支柱。

蓮花池爲黑暗王國最重要的象徵，半夜圍繞它而行的孽子尋找的是愛與認同，將其放在舞台重要的位置並可依照戲劇場面調度移位，龐大的博物館以殘破的羅馬柱作爲象徵，暗喻巨大威權的陰影時時籠罩這群孽子。

懸掛布幕投影新公園中的樹林，隨著劇情轉變色調，表現角色心理狀態與情緒。

青春藝苑

《青春藝苑》擺放在二樓下舞台的位置，
採用較高的視角，
象徵老園丁郭老以一種悲憫的胸懷照看這群青春鳥。

傅老爺家

將官之家頗爲氣派，
場景以鏤空的結構做出房屋幾進的樣貌，
同時也象徵傅老爺子一直被困在喪子之痛的心牢中。

李父李母家

以李母晚年破敗的住處相對李父眷村清寒的家戶，
運用鏤空結構及符合時代的道具營造氛圍，
原本相當私密的場景空間一覽無遺，
使觀眾直視角色內心的情緒。

小旅館

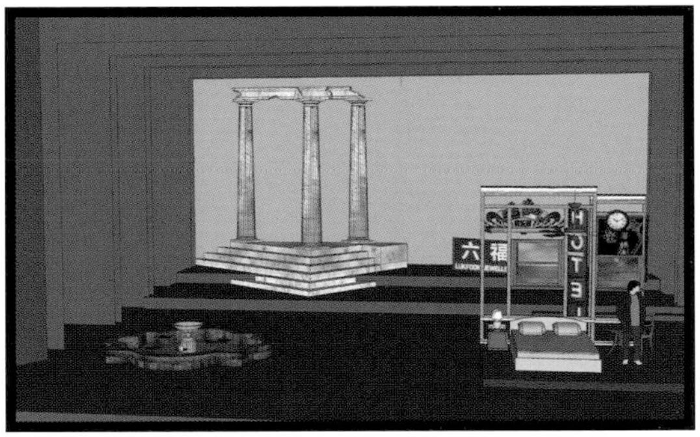

龍子與李青相遇的重要場景，
窗戶外的霓虹招牌顯示這是簡陋且窄仄狹小的旅館，
極隱蔽（劇情）卻開放（對觀眾）的對話在此展開。

安樂鄉酒吧

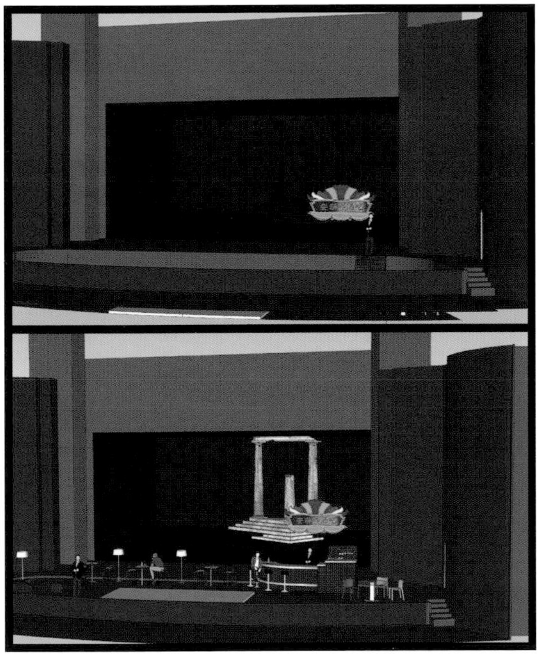

因其位於地下室而將安樂鄉酒吧設置在樂池，
當場景升起時這裡爲舞台最前緣，
希望觀眾能直接感受，
這裡雖是黑暗角落，但卻是孽子們遮風避雨的溫暖所在。

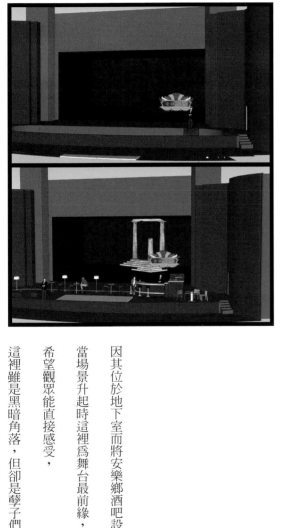

舞台呈現示意圖

圖、文 曹瑞原

序

■光漸亮……午后的新公園蟬聲齊鳴，樹影翠綠……

■寂寥的〈踏雪尋梅〉樂聲響起……

■紗幕上，白老師題字Fade in：「寫給那一群，在最深最深的黑夜裡，獨自徬徨街頭，無所依歸的孩子們。」

■樂音淡去，字Fade out，燈光轉換，夜裡的新公園，靜靜的……靜靜的……依稀的蟲鳴聲，郭老OS出

場一

■夜裡，樹影變爲青藍單色……輕霧飄散

■黑暗中，孽子一個個出現，隨著郭老OS，繞行、漫舞

■最後集中於蓮花池後，（郭老OS結束，音樂漸落），孽子收光

■只留蓮花池微微亮光（李父咒罵聲出）

場一之一

■正午強烈陽光的光區中，兩父子對峙著（灰塵微粒）

■隔著紗幕，中間蓮花池微微亮著

場一之二

■李父下，阿青的正午強光，與蓮花池微弱的光

■口琴聲出，孽子二字浮現／男童音出，蓮花意象浮現／背景散落的孽子們一區一區亮起

■男童音歌聲落……孽子收光／紗幕字與蓮花意象Fade out

■只留阿青、與蓮花池微微亮光

■紗幕起，阿青走入新公園……隨著阿青腳步，新公園漸次亮起

場二之一

■紗幕起，阿青走入新公園，樹林布幕一一亮起公園場景亮起，地上樹影幢幢

■此時博物館爲剪影，等阿青接近，博物館石柱再漸漸給光

■我們第一次看到新公園彩色全貌

■等阿青隨著郭老走時，博物館收暗／①②樹影收暗／④樹影收暗／青春藝苑浮現／⑤收暗／③及水池收暗／青春藝苑亮起

■最後青春藝苑亮起，公園全黑

場二之二

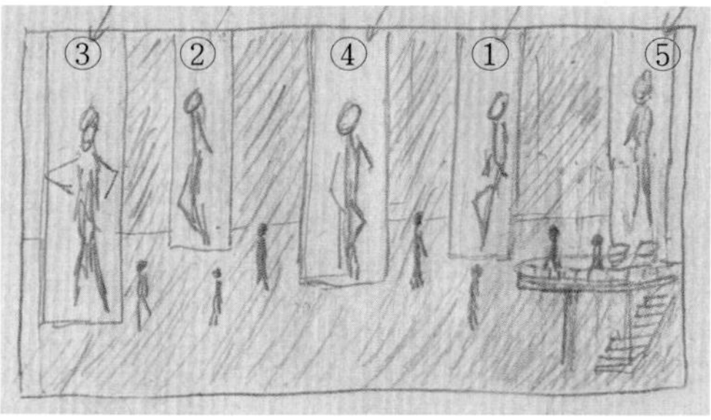

■隨著郭老訴說，一張張肖像呈現分別爲：
③阿鳳②桃太郎④阿青①小憨仔⑤其他

■郭老：「……瘋掉了」（音樂起），博物館剪影呈現，天幕下剪影中的孽子上場，並穿梭在黑白肖像間

■阿青照片呈現後，蓮花池再微微亮起，然後黑白肖像變爲單色樹林，孽子們變爲一個歌隊迎向下樓的阿青

■郭老：「……最後飛到哪裡，自己也不知道，」……青春藝苑收光下。

場二之三

■博物館剪影呈現，天幕下剪影的孽子下……兩旁亦有孽子上場

■原來肖像變爲單色樹影

■收掉兩條布幕

■孽子如夢遊者追索→博物館剪影呈現→黑白肖像變爲單色樹影，同時蓮花池微微亮起

■夢遊者→歌隊→迎向阿青→繞行蓮花池（換裝）

■郭老：「……最後飛到哪裡，自己也不知道。」青春藝苑收下，音樂漸強→漫舞／阿青觀望→阿青亦漫舞起來

場二之四

■孽子恢復寫實動作，樹影變換爲彩色，原本剪影的博物館正面淡淡的給光

■孽子們散落在公園聊天打屁，楊教頭上，孽子聚集蓮花池，全場明亮

■警察來，老周撿拾衣物……全場收光

場三

■前一場老周撿拾地上衣物，飲泣中，全場收光

■傅老爺家上，燈亮

場三之一

■傅老爺轉身入，背影中傅家收光

■阿青往右下舞台光區走來……敘述他的家

■阿青：「比父親小三十多歲」，（昏暗公園漸亮，單色）夫妻一前一後走著，李母抱髒衣服

■阿青：「……老大少妻……」，阿麗在水池後張望著……阿青跟了過去，李父：「阿麗，跟上」（兩人下）。阿青面向觀眾敘述……敘述完，收光

■阿麗的哀嚎聲中，阿麗家呈現，黑暗中的傅家下，阿青直接走入阿麗家（此時新公園收光）

場四

■ 前場，阿青在池畔敘述完母親離家後，全場收光，（哀嚎聲中）阿麗家推移呈現，右舞台黑暗中的傅家下（阿麗家要一次陳設完成）

■ 阿麗家燈亮，場中阿青直接進入阿麗家

場四之一

■ 唱著孤戀花時，李家陳設並亮起，父親上班，此時爲兩個光區（李家及阿麗住處）

■ 李母：「未曾被疼惜過……」（小號聲出），博物館剪影，兩條單色的樹林亮起，蓮花池亮起，小喇叭手迎來，兩人在蓮花池後漫舞

■ 正漫舞時，阿青 OS，OS 結束後，兩人繼續唱歌調情……父親回，找著阿麗

■ 找到阿麗時，小喇叭手正遠去，公園漸收光，光區只剩兩個家及李父李母……然後李家及父親收光，李父愴然下，小號聲收，留下阿麗及阿麗家，回現實

■ 全場收黑，只剩阿麗哭喊叫聲

場四之二

■ 新公園場光隨小喇叭手離去收光

■ 下舞台父親撞見母親戀情，兩人對峙

■ 父親與李家收光，父悵然下，阿青扶母親回

■ 母子爭辯，阿青逃離，阿麗家收黑，剩阿麗慘叫聲（阿麗下）

■ 收音機國劇聲淡入

場五

■ 黑暗中國劇聲起，博物館剪影及高掛月亮亮起

■ 然後，公園微微亮起，單色樹影……李家稍亮，Spot Light 打在阿麗家床上的骨灰罈

■ 阿青望著博物館上方月亮，李父於下舞台望著月亮

■ 李父酒醉踉蹌回，睡著

■ 阿青至阿麗家，輕撫母親骨灰罈，之後送回李父家

場五之一

■ 父子兩人敬禮，全場收光，只留阿青一人的光（李父下，李家、阿麗家下）

■ 阿青往公園池邊走去

■ 燈亮時，黑夜公園全貌

場五之二

■全場收光剩阿青亮光（李家、阿麗家下）

■阿青往公園走去時，夜色中公園全部亮起（單色樹林），瀰漫著薄霧

■龍子出現

■龍子從博物館台階下後，喚在池邊阿青，阿青回望，全場收光

■郭老在左下舞台出，敘述完，全黑，阿鳳照片閃出

場六

■黑暗中，各種阿鳳舞姿或特寫在舞台上閃現、消失、閃現、消失

■如紅色火球一般（五張）……音效……公園恢復全黑

■音樂起，天幕給光，博物館剪影呈現，天幕下剪影的阿鳳漸舞起……

場六之一

■黑暗中音樂起↓博物館剪影，黑白樹林亮起……靜靜的……靜靜的……天幕下台階上蟄伏的阿鳳剪影慢慢起舞，然後龍子上

■兩人彼此試探、接近、交錯、輕觸、擁抱（龍子獨白）、纏綿

■然後阿鳳拉著龍子快意奔跑……滿天紫色花瓣落下……紫色絲帶此時降下

■兩人攀著絲帶飛舞……快意下……燈光轉換

場六之二

■燈光轉換，寂靜的公園寒風呼嘯……

■阿鳳孤獨的身影穿過樹林上，痛苦、沉緩、自棄……他決心離開龍子，舞姿變為掙扎狂放，攀著絲帶飛騰起來（音樂起），痛苦迴旋著

■失喪、憔悴的龍子上，尋找阿鳳

■音樂漸至寂靜，阿鳳如垂死的鳳凰，幾乎不動的在空中慢慢迴盪著，（全場慢慢收光，樂音收，阿鳳下，彩帶收）黑暗中只有龍子尋找阿鳳的聲音

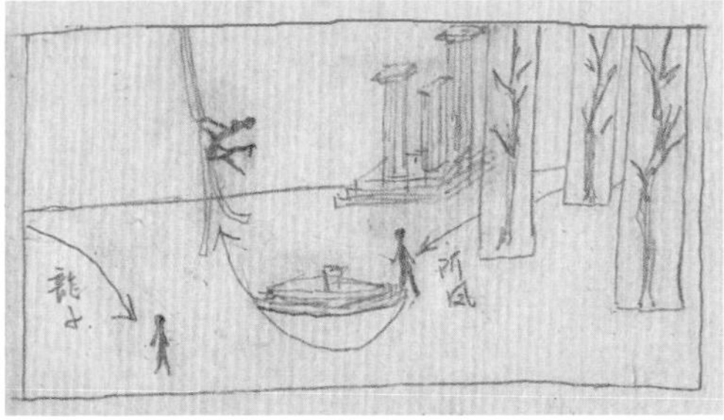

場七

■黑暗中，〈白鷺鷥〉歌聲起，旅館場景完成，燈亮，阿青龍子在床上

■電風扇轉動的光影……一明一滅

■提到蓮花時，阿青起身穿衣服，龍子說到激動處，往前台走，至上一場同樣位置，龍子：（輕輕的）「阿鳳……」，此時場景收黑（場景下、阿青下）

■黑暗中，龍子：你看見阿鳳嗎？阿鳳呢？你看見他了嗎？……

場七之一

■全黑中，龍子往舞台中央走去（尋找阿鳳）（台詞與前一場同），龍子：「你看見阿鳳嗎？……阿鳳呢？……你看見他了嗎？」

■黑暗中，龍子改裝……博物館剪影呈現，台階中，阿鳳亮起，黑白樹影漸漸亮起，場燈及蓮花池漸漸亮起……

■龍子：「阿鳳呢？……你看見他了嗎？……（看見阿鳳在博物館上）阿鳳……」

■孤單的阿鳳坐在台階上，他站起來，怔怔看著龍子。龍子急衝上，阿鳳欲走，兩人拉扯

場七之二

■阿鳳在博物館台階上閃現，他怔怔的看向龍子

■龍子衝上，阿鳳欲離，龍子拉住（哀求）……兩人拉扯，翻滾進入蓮花池

■阿鳳濕漉漉的起身，走出蓮花池，悲愴、哀傷舞著

■龍子從蓮花池站起，龍子：「我不許你走……你要走嗎？你要離開我嗎？………你把我的心拿走了，你還給我，你把我的心還給我，還給我，還給我……」（衝上），刺下

■刺下時，黑白場景轉換為一片血紅，單色（樹影），樂音拔高

■嚎哭之後，樹影變為蓮花意象（增加兩片）

■大幕下，中場休息

場七之三

■刺下時，黑白場景轉換為一片血紅樹影，樂音拔高

■龍子嚎哭時，滿場轉換成蓮花意境……大幕下

場八

■下半場開場，〈我一見你就笑〉歌聲喧囂聲，大幕起

■場景明亮，樹影翠綠，博物館淡淡的黃光

■警察來抓人，孽子們四處奔竄，小玉被抓後，公園場燈收光

■警察局佈景下，孽子們不下場直接進入警察局

場九

■新公園場燈收黑，警察局佈景下，孽子們不下場

■警察局燈亮，孽子們魚貫進入警察局

■之後楊教頭上

■楊教頭帶離眾孽子，全場收光，警局下，傳老爺家上

場十

■ 傳老爺家陳設完成，燈亮，傳老爺捧著大把白菊花，至傳衛遺照前插上

■ 軍號聲響起，老爺子驚慌，阿青出

場十之一

■ 阿青扶住傳老爺往客廳走來（場燈稍亮），新公園裡楊教頭領著眾孽子們往傳老爺家走來

■ 祝壽

■ 老爺子不勝酒力，進屋休息，全場收黑（演員下）

場十一

■ 下舞台光區亮，傳老爺說著傷心父親的故事，阿青聆聽

■ 全黑背景，只有遠處博物館石柱頂端，有著微微亮光

場十一之一

■ 軍隊踏步聲，由遠至近……

■ 天幕亮起，軍隊剪影，轟然上場，啪、啪、啪

■ 一聲槍響，全場剎那如白晝般亮起，然後漸漸淡去，部隊下

■ 老爺子悲不可抑……

■ 傳老爺離去，留阿青講述傳老爺前一晚夜未眠

■ 收光，安樂鄉歌舞聲起（紗幕下）

場十二

■ 安樂鄉上升，一段歌舞

■ 音樂漸強，舞者陳設安樂鄉，楊教頭上場指揮

■ 陳設完成，楊桑上場

場十二之一

■ 楊教頭與小玉跳探戈

■ 最後燈光集中在兩人身上，安樂鄉下降……

■ 安樂鄉下降後音樂漸杳，燈光收，安樂鄉背景投影紗幕收光，升起

場十三

■ 紗幕升起，龍子與傅老爺，父子對決

■ 此景氛圍與場十一的阿青與傅老爺類似

■ 兩人悲傷擁抱，收光

■ 安樂鄉上升

場十四

■ 前一場父子擁抱，收光，安樂鄉升起

■ 上升中，燈漸亮，一片愁雲慘霧

■ 最後一支舞，楊宗緯歌聲出，大家擁舞

■ 隨著歌聲漸歇，舞台下降，阿青往上舞台新公園踽踽走去，公園燈漸亮起

場十五

■ 安樂鄉下降公園場燈亮

■ 阿青講述，傅老爺去世，場燈全黑，紗幕下

場十五之一

■ 全黑中，音樂起，點點蓮花燈光點進場

■ 然後場燈漸亮

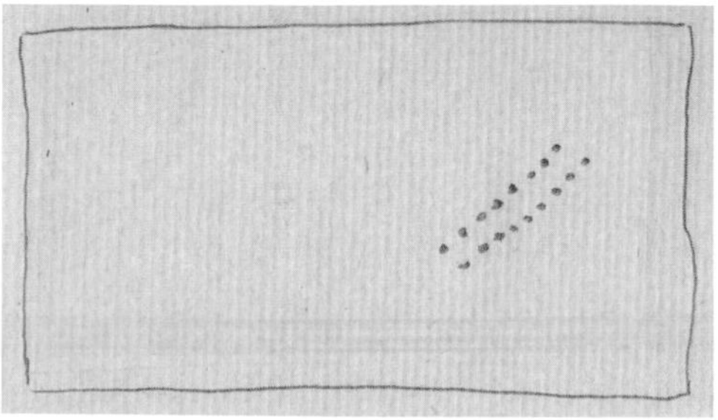

場十五之二

■ 場燈漸亮，送葬隊伍繞行蓮花池放蓮花燈……

■ 龍子奔上，下跪，下跪，全體下跪（音樂拔至高）……

■ 悲愴音樂聲中，全場佈滿蓮花意象

■ 全場收黑

場十六

■ 上一場全黑中，紗幕起

■ 大年夜的新公園，冬季枯葉飄零而下……公園籠罩在薄霧中

■ 郭老遊走公園，敘述公園的滄桑……

■ 楊教頭上場，帶領新一批徒弟參加Party，下

■ 遠處看著他們的郭老亦下……公園恢復寧靜

場十六之二

■ 冷清的公園，阿青上

■ 阿青敘述各人的際遇

■〈踏雪尋梅〉口琴聲出……阿青尋找弟娃身影……

■ 在博物館台階上，尋見羅平……

■ 寒夜，兩人一二一二奔跑，男童音合唱輕快的〈踏雪尋梅〉聲音起，兩人下，場燈漸暗

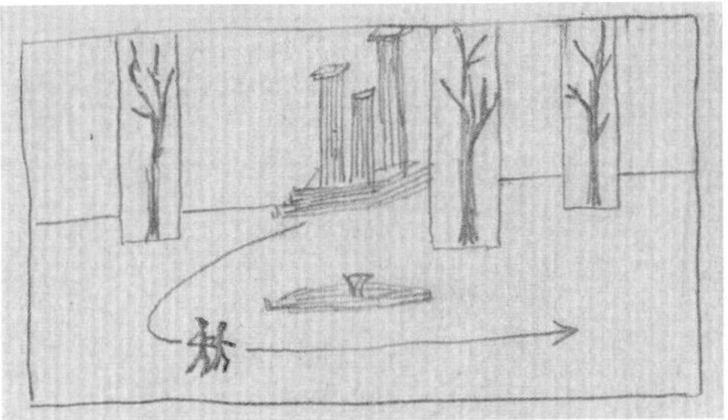

尾聲

■ 黑暗中，紗幕降下，廿一世紀同志遊行黑白影像顯現（慢動作、無聲）

■ 一片七彩光譜，劃過舞台，漫向觀眾席

■ 白老師題字上

■〈踏雪尋梅〉合唱聲繼續……大幕降下

■ 大幕再起，謝幕

2014年2月7日至16日於國家戲劇院演出

《孽子》首演資料

藝術暨技術群

原著：白先勇

導演：曹瑞原

編劇：施如芳

演員：丁強、唐美雲、陸一龍、柯淑勤、樊光耀、吳中天、莫子儀、張逸軍、王振全、陳何家、劉越逖
郭耀仁、林家麒、魏群翰、李尉司、許博翔、陳建安、梁智瑜

主題曲演唱：楊宗緯

舞蹈：焦點舞團（李亞叡、吳俊哲、林士評、周堉睿、張琪武、陳佳宏、陳柏安、陳聯瑋、郭丁瑋、黃冠榮、
黃筱庭、游豐達、詹翔宇、潘俊誠、鄒志銘）

舞蹈總監／動作指導：吳素君

舞台設計：王孟超

音樂總監：張藝

主題曲：林夕／詞、陳小霞／曲

燈光設計：黃祖延

音效設計：杜篤之

服裝設計：姚君

影像設計：王奕盛

副導演：許綺鶯

助理導演：楊景翔

戲劇表演指導：林如萍、王靖惇

Tango 編舞及訓練：侯永強、陳維寧

題字：董陽孜

視覺指導：劉開

攝影：許培鴻

舞台監督：張仲平
舞台技術指導：蘇俊學
燈光技術指導：翁翌軒
音響技術指導：陳鐸夫
導演助理：許光志
排練助理：潘俞廷、周賢欣、王苡禎
舞台助理設計：謝均安
燈光設計助理：黃郁雯
音樂設計助理：徐文
影像設計助理：林彩萱
舞監助理：李思萱、顏行揚
舞蹈助理：(焦點舞團)曾百瑜、陳亭潔、高詠婕
舞台技術執行：洪誌隆、陳坤國、楊淵傑、張禹晨、施雅玲、許安祁、陳定男、萬書瑋、鄭秀玲、李奕均、王云、鄭德元
燈光技術執行：郭樹德、何定宗、黃舒昶、黃添源、羅浩翔、倪長明、吳庭儀、林翔盛
音響技術執行：李淳良、謝秉霖、何志中、曹　玄、許兆鈴、路明睿、江菁茂
飛人懸吊執行：周英傑、陳慶洋、黃舜葳、邱逸昕
影像執行：林樸、林彩萱
音樂音效執行：周賢欣、王苡禎
小道具執行：李思萱
服裝管理：張義宗、林馨、吳家佑、林岱蓉、周君樸、林千茹
梳化執行：好萊塢的祕密造型團隊
楊宗緯妝髮：胡珮瑩、邱琝元
佈景製作：大岳藝術有限公司
燈光器材：群動藝術有限公司
音響器材：飛陽企業社
影像器材及視訊工程：台達電子
飛人懸吊：極致高空技術工程

製作群

國立中正文化中心
董事長：朱宗慶
代理藝術總監：李惠美
副總監：劉怡汝、韓仁先
企劃行銷部：經理／黎家齊、組長／黃本婷、節目組／董騫、宣傳行銷組／黃惠榮

創作社

製作人：李慧娜
行政經理：張令嫻
企劃宣傳經理：藍浩之
執行製作：卓麗梅、吳佳紜
宣傳執行：何君惠、陳瑋淞

孽子：貳零壹肆 劇場顯像　施如芳作
臺北市：中正文化，2014.01
162 面；25×25 公分
ISBN　978-986-04-0066-3（平裝）

854.6　　102027536

孽子　貳零壹肆 劇場顯像

作　者　施如芳
攝　影　許培鴻
圖片提供　王孟超、曹瑞原
編　輯　劉綺文
美術設計　劉開工作室
董事長　朱宗慶
發行人　李惠美
社　長　劉怡汝
總編輯　莊珮瑤
責任企劃　李慧貞
發行所　國立中正文化中心
讀者服務　郭瓊霞
電　話　02-33939874
傳　真　02-33939879
網　址　www.ntch.edu.tw｜par.ntch.edu.tw
E-Mail　parmag@mail.ntch.edu.tw
劃撥帳號　19854013 國立中正文化中心
印　製　國宣印刷有限公司
出版日期　中華民國一〇三年一月
ISBN　978-986-04-0066-3
GPN　1010300051
定　價　NT$400
本書於全國各大書店、兩廳院禮品店
（音樂廳地面層）均有販售
如有缺頁、破損、裝幀錯誤，請寄回本社更換